双葉文庫

新・知らぬが半兵衛手控帖

狐の嫁入り

藤井邦夫

目次

第一話　脅《おど》し文《ぶみ》　9
第二話　三下奴《さんしたやっこ》　91
第三話　狐《きつね》の嫁入り　166
第四話　半人前《はんにんまえ》　246

狐の嫁入り

新・知らぬが半兵衛手控帖

江戸町奉行所には、与力二十五騎、同心百二十人がおり、南北合わせて三百人ほどの人数がいた。その中で捕物、刑事事件を扱う同心は所謂《いわゆる》〝三廻り同心〟と云い、各奉行所に定町廻り同心六名、臨時廻り同心六名、隠密廻り同心二名とされていた。

臨時廻り同心は、定町廻り同心の予備隊的存在だが職務は全く同じである。そして、定町廻り同心を長年勤めた者がなり、指導、相談に応じる先輩格でもあった。

第一話　脅《おど》し文《ぶみ》

一

八丁堀北島町《はっちょうぼりきたじまちょう》の組屋敷街《くみやしきがい》は、朝の冷ややかさに覆われていた。
半兵衛《はんべえ》は、組屋敷の縁側に座った。
「じゃあ……」
廻《まわ》り髪結《かみゆい》の房吉《ふさきち》は、半兵衛の髷《まげ》を結んだ元結《もとゆい》を鋏《はさみ》で切った。
ぱちん……。
半兵衛は眼を瞑《つむ》り、頭を房吉に預けた。
房吉は、手際良く髷を解《と》いて日髪日剃《ひがみひぞり》を進めていった。
刻《とき》は過ぎた。
房吉は、梳《す》いた髪を手際良く絞った。
半兵衛は、引っ張られた髪の小さな痛みが心地好かった。

「旦那、本銀町《ほんしろがねちょう》にある恵比寿屋《えびすや》って米問屋を御存知ですか……」

房吉は、髷を結い始めた。

「ああ。看板を見た覚えがあるよ」

「その恵比寿屋の利三郎《りさぶろう》旦那に時々、呼んで戴《いただ》くんですがね」

房吉は、半兵衛の髷を結う手は止めずに話し続けた。

「うん……」

「その恵比寿屋の利三郎旦那、脅されているそうなんですよ」

房吉は、出来た髷に元結を巻いて結び、余った部分を鋏で切った。

ぱちん……。

小さな音が鳴った。

「脅されている……」

半兵衛は、瞑っていた眼を開けた。

「はい。番頭の彦兵衛《ひこべえ》さんの話じゃあ、近頃、店《たな》に結び文《ぶみ》が投げ込まれるようになりましてね」

「結び文……」

「ええ。そいつが店に火を付けるとか、売り物の米に毒を入れるとか、溺《おぼ》れ死にをさせるなどと書いた結び文だそうでしてね」

房吉は眉をひそめた。

「ほう。そいつは大変だな」

「はい。それで、奉公人たちも怯《おび》え、番頭の彦兵衛さん、困り果てていましてね
え」

「そうだろうね。で、旦那の利三郎はどう云っているんだい」

「そいつが、どうせ金が欲しさの脅し、本当にやる訳はない。放っておけと
……」

「ほう。随分、強気な旦那だな」

半兵衛は苦笑した。

「ええ。出来ました……」

房吉は告げた。

半兵衛は、日髪日剃を終えた。

外濠《そとぼり》には水鳥が遊び、架かっている呉服橋御門《ごふくばしごもん》内には北町奉行所《きたまちぶぎょうしょ》があった。

半兵衛は、北町奉行所の同心詰所《どうしんつめしょ》に顔を出し、岡《おか》っ引《ぴき》の本湊《ほんみなと》の半次《はんじ》と下《した》っ引《ぴき》

の音次郎《おとじろう》を従えて見廻りに出た。

呉服橋御門を出た半兵衛は、半次や音次郎と外濠から続く日本橋川《にほんばしがわ》に架かっている一石橋《いちこくばし》を渡った。そして、外濠沿いを北に進んだ。

外濠沿いは北鞘町《きたさやちょう》、本両替町《ほんりょうがえちょう》、本町《ほんちょう》、本石町《ほんごくちょう》と続き、本銀町になる。

「本銀町か……」

半兵衛は、本銀町の町並を眺《なが》めた。

「本銀町がどうかしましたか……」

半次は尋ねた。

「うん。半次、本銀町にある米問屋の恵比寿屋、知っているかい」

「ええ。確か竜閑橋《りゅうかんばし》の手前を東に曲がった処《ところ》ですか……」

「神田堀《かんだぼり》のお稲荷《いなり》さんの向かい側ですよ」

半次と音次郎は、米問屋『恵比寿屋』の場所を知っていた。

「その米問屋の恵比寿屋がどうかしたんですかい……」

「うん。脅されているそうだ」

半兵衛は告げた。

「脅されている……」

半次は眉をひそめた。

「ああ……」

半兵衛は、房吉に聞いた話を半次と音次郎に話した。

「じゃあ、これから恵比寿屋に……」

半次は、半兵衛の腹の内を読んだ。

「うん。どんな店か、ちょいと見てみようかと思ってね」

「じゃあ、旦那や店の者には……」

「逢うかどうかは、店の様子を見てからだ」

「はい……」

半兵衛は、神田堀に架かっている竜閑橋の手前を東に曲がった。

通りの左手、神田堀を背にして稲荷堂があり、斜向《はすむ》かいに米問屋『恵比寿屋』が暖簾《のれん》を揺らしていた。

「あそこです……」

音次郎は、米問屋『恵比寿屋』を指差した。

「よし。ちょいと様子を見よう……」

半兵衛は、半次や音次郎と稲荷堂の横手に入り、米問屋『恵比寿屋』を眺めた。

米問屋『恵比寿屋』には、客が出入りしていた。そして、横手の米蔵の前では、人足たちが手代《てだい》の指図《さしず》で大八車《だいはちぐるま》に米俵を積んでいた。

何処《どこ》にでもある米問屋の風景だ。

「店の表には妙な奴もいないし、変わった様子はないね」

半兵衛は、店の表を見廻した。

「ええ、あっしは裏を見て来ますよ」

半次は、半兵衛に告げた。

「音次郎、一緒に行きな」

半兵衛は、音次郎を促した。

「はい……」

半次と音次郎は、米問屋『恵比寿屋』の裏手に足早に廻って行った。

半兵衛は見送り、米問屋『恵比寿屋』の店の中を窺《うかが》った。

店の中は薄暗く、奥にある筈《はず》の帳場は見えなかった。

人足たちが米俵を積んだ大八車を引いて行き、手代は見送った。そして、怯えたように辺りを見廻して店に戻った。

手代は怯え、警戒していた……。

米蔵の前では、二人の小僧が辺りを気にしながら地面に落ちた米粒を拾い、掃除を始めた。

奉公人たちは、店に禍《わざわい》を及ぼそうとする者を警戒している。

半兵衛は読んだ。

米問屋『恵比寿屋』には、僅《わず》かな客の出入りが続いた。

出入りする僅かな客の中に、不審な者はいなかった。

「旦那……」

音次郎が戻って来た。

「どうした……」

半兵衛は、一人で戻って来た音次郎に眉をひそめた。

「親分がちょいとお出で願いたいと……」

音次郎は、緊張した面持ちで告げた。

「うん……」

半兵衛は、音次郎に誘《いざな》われて米問屋『恵比寿屋』の裏手に向かった。

米問屋『恵比寿屋』の裏には板塀が廻《めぐ》らされていた。

半兵衛は、音次郎に誘われて板塀沿いの路地に入って来た。

板塀の向こうには、米問屋『恵比寿屋』の母屋《おもや》の屋根が見えた。

「旦那……」

半次が、路地の奥の板塀の傍にいた。

「何かあったかい……」

「此処《ここ》を見て下さい」

半次は、板塀の一カ所を示した。

半兵衛は、半次の示した板塀の箇所を見た。

示された板塀の箇所は、僅《わず》かに色が濃くなっていた。

「何かを掛けた跡のようだな……」

半兵衛は眉をひそめた。

「はい……」

半次は、厳しい面持ちで頷《うなず》いた。

半兵衛は、色の濃くなっている箇所を指でなぞり、顔を寄せて臭いを嗅《か》いだ。

「乾いているが、油だな……」

半兵衛は、厳しい面持ちで告げた。

「はい。誰かが油を掛けて火を付けようとしたのかもしれません」

半次は読んだ。

「うむ。結び文には、火を付けるって脅しもあったそうだ……」

「じゃあ……」

「うん。付け火となると、被害は恵比寿屋だけではすまぬ。恵比寿屋の主《あるじ》に逢ってみる必要があるな」

「はい。表からじゃあ人目に付きます。裏木戸を開けるように話してみます」

半次は、米問屋『恵比寿屋』を秘かに見張る者を警戒した。

「そうしてくれ。私は此処にいるよ」

半兵衛は頷いた。

米問屋『恵比寿屋』の座敷には、微風《そよかぜ》が吹き抜けていた。

半兵衛は、音次郎を店の表の見張りに残し、半次と共に座敷に入った。

座敷には、肥《ふと》った中年男と白髪頭《しらがあたま》の年寄りが待っていた。

「旦那、こちらが恵比寿屋の利三郎旦那と番頭の彦兵衛さんです」

半次は、半兵衛に旦那の利三郎と番頭の彦兵衛を引き合わせた。

「主の恵比寿屋利三郎にございます」

肥った男は名乗った。

「番頭の彦兵衛にございます」

白髪頭の年寄りが、深々と頭を下げた。

「うむ。白縫《しらぬい》半兵衛だ。で、利三郎、裏の板塀に油が掛けられた跡があるが、心当たりはあるかな」

半兵衛は、利三郎を見据えて尋ねた。

「は、はい。いえ……」

利三郎は、迷い躊躇《ためらい》を滲《にじ》ませた。

半兵衛は、利三郎が脅しに対して強気なのを思い出した。

「じゃあ、心当たりはないのだな」

半兵衛は、厳しい面持ちで念を押した。

「だ、旦那さま……」

番頭の彦兵衛は、白髪眉をひそめて利三郎を見詰めた。

「彦兵衛、お前は黙っていなさい」

利三郎は、彦兵衛を煩《うるさ》そうに一瞥《いちべつ》した。

彦兵衛は、哀しげに項垂《うなだ》れた。

利三郎は、昔から『恵比寿屋』に忠義を尽くして来た老番頭の心配を蔑《ないがし》ろにしている。

半兵衛は苦笑した。

「利三郎、もし心当たりがあるなら、今の内に話すのが身の為だ。何かあってからでは手遅れになる……」

「えっ……」

「その時は、何もかもがお前の責めになると心得ろ。良いな」

半兵衛は念を押した。

「し、白縫さま……」

利三郎は狼狽《うろた》えた。

「利三郎、付け火をされたり、売り物の米に毒や虫を秘かに混ぜられれば、酷《ひど》い目に遭うのはお前だけではない。貰い火をする者や汚れた米で病になる者が出るのは必定《ひつじょう》。そうなれば、すべてお前の所為《せい》になると覚悟するのだ。ではな……」

半兵衛は、冷たく云い放って座を立った。

「お、お待ち下さい」

利三郎は、自分の責めの重さに気付き、思わず半兵衛を呼び止めた。

「なんだ……」

半兵衛は、冷たく見下ろした。

「も、申し訳ございません」

利三郎は平伏《ひれふ》した。

「何を詫《わ》びているのかな……」

半兵衛は惚《とぼ》けた。

老番頭の彦兵衛は、縋《すが》るような眼差しで半兵衛を見上げていた。

半兵衛は微笑《ほほえ》んだ。

「は、はい。実は手前共は、何者かに脅されているのでございます」

利三郎は、悔しさを滲ませた。

「何、脅されている……」

半兵衛は、座り直した。

「はい。彦兵衛、結び文を……」

「は、はい。これにございます」

彦兵衛は、懐《ふところ》から折り皺《じわ》の付いた三枚の紙片《しへん》を取り出して半兵衛に渡した。

半兵衛は、三枚の紙片に書かれている文面を読んだ。

「……利三郎、店に火を付けてやる。店の米に毒を混ぜてやる。溺れ死にをさせてやる……」

半兵衛は、三枚の紙片を半次に渡した。

半次は、黙読して彦兵衛に返した。

「で、脅して来た奴は裏の板塀に油を掛けて本気だぞと念を押して来たか……」

半兵衛は読んだ。

「きっと……」

半次は頷いた。

「それで利三郎、三枚の脅し文のどれにも金を幾ら出せとは書いていないが、他に何か繋《つな》ぎはないのか……」

半兵衛は訊いた。

「ございません。何が目当てで脅し文を投げ込んだのか……」

利三郎は困惑した。

「そうか、脅しの狙いが金か他の事かは、未《ま》だはっきりしないか……」

半兵衛は眉をひそめた。

「はい……」

利三郎は頷いた。

「処で利三郎、脅しを掛けて来た者に心当たりはあるか……」

半兵衛は、利三郎を見据えて尋ねた。

「それが、良く分からないのです」

利三郎は、戸惑いを浮かべた。

「分からない……」

「はい。白縫さま、手前は十の歳から此の恵比寿屋に小僧奉公をし、それから二十年が経ち、三十の時に先代に見込まれて婿養子《むこようし》に迎えられました」

利三郎は、米問屋『恵比寿屋』の婿養子だった。

半兵衛と半次は知った。

「それから十年、先代とお内儀《ないぎ》さまもとっくに亡くなり、必死に店を盛り立てて来ました。その間にもいろいろな事があり、誰に何処でどんな恨みを買っているのか、分からないのでございます」

利三郎は項垂れた。

半兵衛は、利三郎が他店を押し退け、他人を泣かせる強引な商売をして米問屋『恵比寿屋』を盛り立てて来たのだと読んだ。

「そうか……」

半兵衛は頷いた。

「お願いにございます、白縫さま。脅しを掛けている者を、どうか、どうか、お縄にして下さい。お願い致します」

利三郎は、半兵衛に平伏《ひれふ》して頼んだ。

老番頭の彦兵衛が続いた。

知っている……。

半兵衛は、米問屋『恵比寿屋』と主の利三郎を一番良く知っているのは、老番頭の彦兵衛なのだと気が付いた。

ひょっとしたら脅しを掛けている者も……。

半兵衛は睨《にら》んだ。

いずれは、老番頭の彦兵衛を問い質《ただ》さなければならない。

「利三郎、彦兵衛、出来るだけの事はするよ。それ故、お前たちも隠し立てをしてはならない。良いな」

半兵衛は、厳しく申し渡した。

米問屋『恵比寿屋』利三郎は、脅しを掛ける者に此《これ》と云って心当たりはなかった。いや、心当たりがなかったと云うより、恨んでいると思われる者が多すぎて絞りきれないのかもしれない。

半兵衛と半次は、裏木戸から米問屋『恵比寿屋』を出た。

米問屋『恵比寿屋』主の利三郎は、お内儀のおぬいと八歳の娘と五歳の倅《せがれ》の四人家族だった。

脅しを掛けて来た者は、八歳の娘か五歳の倅のどちらかを溺れ死にさせるつもりなのかもしれない。

半兵衛と半次は、裏路地から店の斜向かいにある稲荷堂に向かった。

稲荷堂の陰では、音次郎が米問屋『恵比寿屋』を見張っていた。

「どうだ……」

半次は尋ねた。

「はい。客が出入りするだけで、店の前を彷徨《うろつ》いたり、見張ったりするような妙な野郎はいません」
音次郎は告げた。
「そうか……」
「で、旦那と親分の方は……」
「うん……」
半次は、米問屋『恵比寿屋』での事を音次郎に話して聞かせ始めた。
半兵衛は、米問屋『恵比寿屋』の店先を眺めた。
手代と空の大八車を引いた人足たちが、米の配達を終えて帰って来た。
客が出入りをし、小僧が店先の掃除を始めた。
半兵衛は見守った。
音次郎の云った通り、店の前を彷徨いたり、見張るような不審な者はいない。
だが、店に結び文を投げ込んだ者はいるのだ。
半兵衛は、想いを巡らせた。
今の処、米問屋『恵比寿屋』は金や物を要求されてはいない。
何が狙いで脅しているのだ……。
半兵衛は、脅しを掛けている者の腹の内を読もうとした。だが、読むには余りにも手掛かりがなさ過ぎる。

「さあて、どうします旦那……」

半次は、音次郎に事の次第を話し終え、半兵衛の指示を仰いだ。

「そうだな、半次と音次郎は此処を見張ってくれ。私はちょいと恵比寿屋と利三郎の評判を洗ってみるよ」

半兵衛は告げた。

「分かりました」

半次は頷いた。

「じゃあな……」

半兵衛は、半次と音次郎を米問屋『恵比寿屋』の表に残し、北町奉行所に向かった。


北町奉行所には様々な者が出入りしていた。

半兵衛は、同心詰所を素通りして台所《だいどころ》賄方《まかないかた》に向かった。そして、賄方組頭《くみがしら》の大原伝蔵《おおはらでんぞう》に逢った。

「やあ。久し振りだな半兵衛……」

大原伝蔵は、帳簿を付ける筆を止めて半兵衛を迎えた。

半兵衛と伝蔵は、役目は違うが数十年前に北町奉行所に見習《みならい》出仕《しゅっし》した同期であり、上役に叱られては互いに慰め、励まし合った間柄だった。

「うん。伝蔵も変わりはないようだな」

半兵衛は笑った。

「ああ。で、臨時廻《りんじまわ》りの旦那が何の用だ」

「そいつなんだが、本銀町にある米問屋の恵比寿屋を知っているか……」

「ああ。取引きはないが、噂はいろいろ聞いているよ」

「ほう。どんな噂だ……」

「恵比寿屋の今の主……」

「利三郎か……」

「うむ、その利三郎、遣《や》り手《て》の商売上手って評判だが、かなり強引だそうでな。泣かされている者も多いって噂だ」

「泣かされている者も多いか……」

米問屋『恵比寿屋』に脅しを掛けている者は、商売で利三郎に泣かされた事のある同業者なのかもしれない。

半兵衛は、想いを巡らせた。

「半兵衛、恵比寿屋がどうかしたのか……」

伝蔵は眉をひそめた。

「うん。何者かに脅されているのだ」

「脅されている……」

「ああ。で、伝蔵、お前に恵比寿屋と利三郎の噂を教えてくれたのは、何処の誰だ」

「北町奉行所に出入りを許されている伊勢町《いせちょう》の米問屋、高砂屋《たかさごや》の宗八《そうはち》って番頭だよ」

「伊勢町は高砂屋の番頭の宗八か。良いかな、訊きに行って……」

「ああ、半兵衛の事だから心配はないと思うが、呉々《くれぐれ》も迷惑を掛けないようにな」

伝蔵は笑った。

「そいつは心得ている」

半兵衛は、伊勢町の米問屋『高砂屋』の番頭宗八に逢いに行く事にした。

二

米問屋『恵比寿屋』に変わりはなかった。

半次と音次郎は、稲荷堂の陰から見張り続けた。

「妙な野郎、現れませんね」

音次郎は苛立《いらだ》ちを滲ませた。

「苛々《いらいら》するな音次郎、待つのも岡っ引の仕事の内だ」

半次は苦笑した。

「はい。親分……」

音次郎は、若い浪人が米問屋『恵比寿屋』の店先に佇《たたず》んだのに気が付いた。

「うん……」

半次は眉をひそめた。

若い浪人は、米問屋『恵比寿屋』の店内を窺っていた。

「親分、あの浪人、さっき通り過ぎて行った奴ですよ」

音次郎は気が付いた。

「ああ。一度通り過ぎ、戻って来て恵比寿屋を窺っているか……」

半次は、若い浪人を見守った。

若い浪人は、店先から素早く離れて物陰に入った。

風呂敷包《ふろしきづつ》みを持った手代が店から現れ、外濠沿いの道に向かった。

「手代の富吉《とみきち》ですよ」

音次郎は、張り込みながら米問屋『恵比寿屋』の何人かの奉公人たちの名を調べていた。

「富吉か……」

若い浪人は、物陰から現れて手代の富吉を尾行《つけ》た。

「親分……」

音次郎は眉をひそめた。

「ああ。追うぞ……」

半次と音次郎は、富吉を尾行る若い浪人を追った。

富吉は、外濠沿いの道に出て神田堀に架かる竜閑橋に向かった。

若い浪人は尾行た。

半次と音次郎は追った。

富吉は、竜閑橋に差し掛かった。

刹那《せつな》、若い浪人は地を蹴り、富吉に向かって走った。

「わっ……」

音次郎は驚き、思わず声をあげた。

次の瞬間、若い浪人は富吉を背後から押さえて竜閑橋の袂《たもと》から神田堀に放り込んだ。

富吉は、悲鳴をあげて神田堀に落ちた。

水飛沫《みずしぶき》が煌《きら》めいた。

若い浪人は、素早く竜閑橋を渡って逃げた。

「た、助けて……」

富吉は、泳げないのか水飛沫を激しくあげて踠《もが》いた。

「音次郎、富吉を助けてやれ……」

半次は、若い浪人を追った。

「は、はい……」

音次郎は、富吉が溺れている神田堀に飛び込んだ。

神田八ツ小路《かんだやつこうじ》には多くの人が行き交っていた。

若い浪人は、裏通りや路地を足早に抜けて連雀町《れんじやくちよう》から神田八ツ小路に出た。

半次は、何度か見失いそうになりながらも辛うじて尾行た。

若い浪人は、八ツ小路を横切って神田川に架かっている昌平橋《しようへいばし》に向かった。

何処の誰だ……。

どうして、手代の富吉を神田堀に放り込んだのだ……。

そこに殺意は感じられなく、恵比寿屋の脅しに拘《かか》わりがあるのか……。

そして、何処に行くのだ……。

半次は、想いを巡らせながら若い浪人を追った。


音次郎は、溺れていた手代の富吉を神田堀から助けあげた。

富吉は、水を飲んで気を失っていた。

音次郎は、富吉に水を吐かせた。

富吉は、水を吐いたが気を取り戻す事はなかった。

音次郎は、駆け付けた近所の者とずぶ濡れで気を失っている富吉を米問屋『恵比寿屋』に運んだ。

米問屋『恵比寿屋』は、大騒ぎになった。

老番頭の彦兵衛は、富吉を寝かせて小僧を医者を呼びに走らせた。そして、音次郎に深々と頭を下げて礼を述べた。

「いえ。どうって事はありませんよ」

音次郎は、素性《すじょう》を隠した。

「彦兵衛……」

旦那の利三郎が、厳しい面持ちで奥から店に出て来た。

「旦那さま……」

彦兵衛は、事の次第を報《しら》せた。

「そうですか。造作をお掛けしましたね。それで、富吉を神田堀に落としたのは、どんな奴でした……」

利三郎は、音次郎に尋ねた。

「若い侍、浪人のようでしたが……」

音次郎は、利三郎に心当たりがあるかどうか見定めようと見詰めた。

「若い浪人……」

利三郎は、戸惑いを浮かべた。

心当たりはない……。

音次郎は見定めた。

伊勢町は西堀留川《にしほりどめがわ》沿いに続き、米問屋『高砂屋』は道浄橋《どうじようばし》の南詰にあった。

その店先には、老舗大店《しにせおおだな》らしく大名旗本家御用達《ごようたし》の金看板《きんかんばん》が何枚も掲《かか》げられていた。

半兵衛は、米問屋『高砂屋』を訪れ、迎えた手代に番頭の宗八を呼ぶように頼んだ。

「あの、番頭の宗八にございますが……」

帳場から初老の番頭宗八が、緊張した面持ちで半兵衛の許《もと》にやって来た。

「おう。お前さんが番頭の宗八か。私は北町奉行所の白縫半兵衛だ……」

「北の御番所の白縫さまにございますか……」

「うん。ちょいと教えて貰いたい事があってな。賄方組頭の大原伝蔵がお前さんに訊くが良いと……」

「そうでございましたか、大原さまの……」

宗八は、緊張が解けたのか微笑んだ。

「うむ。急に済まぬな……」

半兵衛は詫びた。

「いいえ。此処ではなんですので、此方《こちら》にどうぞ……」

宗八は、半兵衛を帳場の奥にある商談用の座敷に誘《いざな》った。


半兵衛は、出された茶を飲んだ。

「それで白縫さま……」

宗八は、半兵衛の質問を待った。

「うん。実は、本銀町の米問屋恵比寿屋についてちょいと訊きたいんだがね」

「本銀町の恵比寿屋さんにございますか……」

宗八は、戸惑いを浮かべた。

「うん。恵比寿屋の旦那の利三郎、中々の遣り手で商売上手だと聞いたが、本当の処はどうなんだい」

「は、はい……」

宗八は、云い難《にく》そうに言葉を詰まらせた。

「宗八、心配するな、此処だけの話だ。何を聞いてもお前さんの名は出さぬ。安心してくれ」

半兵衛は微笑んだ。

「畏《おそ》れ入ります。恵比寿屋の旦那さまは、商売上手と云うか、強引な方でして……」

「どんな風に強引なのかな……」

「はい。一年程前でしたか、さる御大名家が御用達の米問屋を新たに決める入れ札をされまして、手前共に決まったのですが……」

「恵比寿屋が邪魔をしたのかい」

「はい。後で手前共の付けた値より安い値を付け直し、御大名家に……」

宗八は、口惜しそうに顔を歪《ゆが》めた。

「それで、恵比寿屋が御用達になったか……」

「はい……」

「成《な》る程《ほど》。ならば高砂屋の旦那、怒っただろうな」

「いいえ。旦那さまは恐ろしく汚い遣り手だと呆《あき》れ、笑っておりました」

「流石《さすが》は老舗の米問屋高砂屋の旦那だな。で、他には……」

「他にですか……」

「うん……」

「そうですね、米の安売りをすると云って客を呼び、買いに来たら安い米は売れ切れたと云い、普通の値段の米を売り付けたとか。商売上手と云うか、何と云うか……」

宗八は眉をひそめた。

「そいつは、下手《へた》をしたら騙《かた》りと紙一重《かみひとえ》だな」

半兵衛は苦笑した。

「はい……」

「そこでだ宗八……」

「何か……」

「恵比寿屋の主の利三郎を恨んでいる者を知らないかな……」

「えっ……」

宗八は驚いた。

「うん。利三郎を恨み、脅しを掛けるような者だ。心当たりないかな」

半兵衛は、笑顔で尋ねた。

不忍池《しのばずのいけ》の中《なか》ノ島《しま》、弁財天《べんざいてん》には多くの参拝人《さんぱいにん》が訪れていた。

半次は、古い弁天長屋の木戸から奥の家を見張っていた。

因《ちな》みに弁天長屋の名は、不忍池の弁財天から取ったものだった。

若い浪人は、神田川に架かっている昌平橋を渡り、明神下《みょうじんした》の通りを通って池《いけ》之端《のはた》に来た。そして、古い弁天長屋の奥の家に入った。

弁天長屋の奥の家は、若い浪人の住まいなのか……。

それとも若い浪人は、奥の家に住んでいる者を訪ねて来たのか……。

半次は、後で弁天長屋の住人か大家に訊いてみる事にした。

四半刻（三十分）が過ぎた。

奥の家の腰高障子《こしだかしょうじ》が開いた。

半次は、木戸の陰に潜《ひそ》んだ。

若い浪人が、若い娘と奥の家から出て来た。

「じゃあ、源之助《げんのすけ》さん……」

若い娘は、若い浪人を源之助と呼んで深々と頭を下げた。

「いや、礼には及ばないよ。ではな、おさきちゃん……」

源之助は、おさきと呼んだ若い娘に笑い掛けて弁天長屋を後にした。

おさきは、源之助を見送って家に入った。

半次は、源之助を追った。


源之助は、池之端から湯島天神裏門坂道《ゆしまてんじんうらもんさかみち》に向かっていた。

半次は尾行た。

弁天長屋の奥の家は、おさきと云う娘の家だった。

おさきは一人暮らしなのか……。

半次は、女坂から湯島天神の境内《けいだい》に入って行く源之助を追った。


米問屋『恵比寿屋』は、富吉騒ぎも鎮《しず》まって平静を取り戻した。

音次郎は、斜向かいの稲荷堂の陰に戻り、再び見張りに付いた。

「どうだ……」

半兵衛がやって来た。

「旦那……」

「どうした……」

半兵衛は、音次郎の着物が湿っているのに気付いた。

「はい。実は……」

音次郎は、事の次第を告げた。

「そいつは御苦労だったな。で、手代の富吉を神田堀に放り込んだ若い浪人は、半次が追ったのだな」

「はい……」

音次郎は頷いた。

手代の富吉が神田堀に放り込まれたのは、米問屋『恵比寿屋』に掛けられている脅しの一つなのだ。

半兵衛は睨んだ。

「それにしても若い浪人、躊躇いや迷いもなく手代の富吉を神田堀に放り込んだのだな」

「はい。捕まえて連れ去ろうとしたり、殴ったり蹴ったりする様子もなく。まるで、悪餓鬼《わるがき》が仲間内で巫山戯《ふざけ》ているように、後ろから押さえて、そのまま神田堀に……」

「放り込んだか……」

「はい……」

「最初から放り込むつもりだったか……」

半兵衛は苦笑した。

溺れ死にをさせる……。

手代の富吉を神田堀に放り込んだのは、板塀に油を掛けたが火を付けなかったのと同じ脅しなのだ。

半兵衛は読んだ。

脅しを掛ける者は、火を付けたり殺したりする致命的な脅しをせず、緩《ゆる》い脅しを掛けているのだ。

緩い脅しの狙いは何だ。

此から多額の脅し金を要求するつもりなのか、それとも真綿《まわた》で首を締めるかのような脅しを楽しんでいるのか……。

半兵衛は、想いを巡らせた。

湯島天神門前町の盛《さか》り場《ば》の飲み屋は、開店の時を目指して仕度《したく》に忙しかった。

半次は、盛り場から離れた処にある小料理屋を見張っていた。

小料理屋には、若い浪人の源之助が訪れていた。

源之助の素性は……。

米問屋『恵比寿屋』に脅しを掛けている者なのか……。

そうだとしたなら恨みを晴らす為か、それとも金が目当てなのか……。

半次は、小料理屋から源之助が出て来るのを待ち、それとなく周囲の者に聞き込みを掛けた。

小料理屋の屋号は『小梅《こうめ》や』であり、古くからある店だった。老夫婦が板前と女将《おかみ》として営んでおり、酒は安く料理も美味《うま》いと評判は良かった。

食詰め浪人たちが屯《たむろ》するような飲み屋ではない……。

半次は、微《かす》かな戸惑いを覚えた。

陽は西にゆっくりと沈み始め、夕暮れが静かにやって来る。


夕暮れ。

米問屋『恵比寿屋』の手代と小僧たちは、店先を片付けて店仕舞《みせじま》いを始めた。

半兵衛と音次郎は、見張りを続けていた。

日は暮れ、米問屋『恵比寿屋』は大戸を下ろして店仕舞いをした。

「よし。音次郎、先に腹拵《はらごしら》えをしてきな」

半兵衛は、音次郎に金を渡した。

「ありがとうございます。じゃあ、お先に……」

「ああ……」

音次郎は、半兵衛を残して近くの一膳飯屋《いちぜんめしや》に走った。

半兵衛は、閉店した米問屋『恵比寿屋』を見張った。

通いの奉公人たちが帰り始めた。

夜は更け、辺りには神田堀の流れの音だけが微かに響いた。

半刻（一時間）が過ぎた。

米問屋『恵比寿屋』に不審な事は何も起こらなかった。

「旦那……」

音次郎が戻って来た。

「おう……」

「あっしが見張ります。今夜はもう戻って下さい」

「うん……」

半兵衛は、音次郎と見張りを交代した。

米問屋『恵比寿屋』の潜り戸《くぐど》が開いた。

半兵衛と音次郎は、稲荷堂の陰から見守った。

老番頭の彦兵衛が、潜り戸から提灯《ちょうちん》を持った手代に見送られて出て来た。

「番頭の彦兵衛さんですよ」

「うん。彦兵衛は通いだったな」

「はい。鎌倉町《かまくらちょう》に家があるそうです」

老番頭の彦兵衛は、米問屋『恵比寿屋』の先代に鎌倉町に家を買い与えられていた。

「鎌倉町か……」

鎌倉町は、神田堀に架かっている竜閑橋を渡った処にある鎌倉河岸《かまくらがし》の傍であり、本銀町の米問屋『恵比寿屋』から遠くはない。

半兵衛は、彦兵衛を見守った。

彦兵衛は、見送りの手代と言葉を交わして提灯を受け取り、外濠に向かった。

「よし。音次郎、後《あと》半刻見張って何も起こらなかったら帰るんだ」

半兵衛は命じた。

「分かりました。で、旦那は……」

音次郎は、半兵衛に怪訝《けげん》な眼を向けた。

「私は、ちょいと彦兵衛にな……」

半兵衛は、音次郎に笑いを残して彦兵衛を追った。

三

外濠には月影が揺れていた。

彦兵衛は、提灯で足元を照らしながら外濠沿いを竜閑橋に進んだ。

半兵衛は追った。

彦兵衛は、竜閑橋を渡って鎌倉河岸に出た。

「彦兵衛さん……」

半兵衛は呼び止めた。

彦兵衛は身を竦《すく》めた。

「私だ。北町の白縫半兵衛だ」

半兵衛は告げた。

「北町の白縫さま……」

彦兵衛は、恐る恐る振り返った。

「やあ、驚かしたね」

半兵衛は微笑んだ。

蕎麦屋《そばや》に客はいなかった。

半兵衛は、蕎麦屋の亭主に酒を頼んで座敷にあがり、衝立《ついたて》の陰に彦兵衛を誘った。

「さあ、座りな……」

「は、はい……」

彦兵衛は、老いた顔に緊張を浮かべて座った。

「手代の富吉、大変だったね」

半兵衛は労《ねぎら》った。

「は、はい。白縫さま……」

半兵衛は、手代の富吉が神田堀に放り込まれたのを知っていた。

彦兵衛は戸惑った。

「おまちどおさまでした」

亭主が酒を持って来た。

「おう。さあ、一杯やろう」

半兵衛は、彦兵衛に徳利《とつくり》を差し出した。

「お、畏れ入ります」

彦兵衛は、半兵衛の酌《しやく》を受けて徳利を引き取ろうとした。

「それには及ばないよ」

半兵衛は、手酌で己《おのれ》の猪口《ちよこ》に酒を満たした。

「じゃあ……」

「は、はい……」

半兵衛と彦兵衛は、酒を飲み始めた。

「知っているね。恵比寿屋に脅しを掛けている者を……」

半兵衛は、彦兵衛を見据えた。

「えっ……」

彦兵衛は、半兵衛の不意の質問に狼狽えて微かに震えた。

「そいつは、旦那の利三郎に恨みを持っているんだね」

「えっ……」

彦兵衛は狼狽え、手にした猪口から酒を零《こぼ》した。

睨みに間違いはない……。

半兵衛は見定め、酒を飲んだ。

「白縫さま……」

彦兵衛は、覚悟を決めたように静かに猪口を置いた。

「うん……」

半兵衛は、穏やかな面持ちで彦兵衛を見詰めた。

「御存知のように主の利三郎は、恵比寿屋の小僧から先代の旦那さまに見込まれてお嬢さまの婿になり、店を継いだ者にございます」

彦兵衛は、昔を思い出すように話し始めた。

「うむ。先代が娘の婿に迎えた程だ。利三郎、若い頃からかなりの商売上手だったんだね」

半兵衛は読んだ。

「はい。それはもう。古参の手代になった頃には、店は小売りもしていましてね。米を一升買うと二升の米が当たる宝引《ほうびき》が引けると触れを廻し、それは多くの客を集めましてね」

〝宝引〟とは、景品の付いた何本もの紐《ひも》を束ね、人に一本を引かせる福引《ふくびき》の一種である。

「他にもいろいろと工夫をした商売をしましてね。先代の旦那さまは、それがお気に入りになられて……」

「娘の婿にして恵比寿屋を継がせたか……」

「左様にございます」

彦兵衛は頷き、猪口に残っていた酒を飲んだ。

「で、何処の誰が、何故《なにゆえ》に利三郎を恨んでいるのかな……」

半兵衛は、彦兵衛の猪口に酒を注《つ》いだ。

「はい……」

彦兵衛は、注がれた酒を飲んだ。

「白縫さま、利三郎の旦那さまは、婿に入る前迄《まで》は利助《りすけ》と云う名前で、小僧の時はそれは利発ではしっこい子でしてね」

「ほう……」

「ですが、それだけに生意気な処もあって……」

彦兵衛は、白髪眉をひそめた。

「生意気……」

「はい。生意気で朋輩《ほうばい》の小僧たちを苛《いじ》めたりしたのです」

半兵衛は戸惑った。

「はい。要領の悪い小僧や手鈍《てのろ》い小僧、それに気の弱い者を馬鹿にして、油を掛けて火を付けると脅かしたり、唾《つば》を掛けた飯を食べさせたり、神田堀に突き落としたり……」

彦兵衛は、苦しげに告げた。

「何だと……」

半兵衛は眉をひそめた。

火を付ける、米に毒を混ぜる、溺れ死にをさせる……。

結び文に書かれた脅しは、利三郎が小僧の時に苛めとして朋輩にした事なのだ。

「では、脅しを掛けて来ている者は、その昔、利三郎に苛められた朋輩の小僧……」

半兵衛は読んだ。

「きっと……」

彦兵衛は項垂れた。

「して、その苛められた小僧とは……」

「白縫さま、何分にも三十年も昔の話、それに苛められた小僧たちもその時に店を辞めてしまっておりますので……」

彦兵衛は、首を捻《ひね》った。

「名も分からぬか……」

「はい、何分にも昔の事なので……」

彦兵衛は、申し訳なさそうに告げた。

米問屋『恵比寿屋』に対する脅しは、主の利三郎が小僧の頃に朋輩にした苛めだったのだ。

半兵衛は知った。

「ですが白縫さま、脅しには米に毒を入れるとありましたが……」

「そいつは、此《これ》からかもしれぬ」

「は、はい……」

彦兵衛は緊張を滲ませた。

「それにしても彦兵衛、利三郎は己の小僧の時の朋輩への苛めが、脅しの元だと気が付いていないのか……」

半兵衛は尋ねた。

「はい。それどころか、旦那さまは自分が小僧の頃、苛めっ子だったのも忘れているのかもしれません」

彦兵衛は、哀しげに項垂れた。

「そうか。苛めた者は直《す》ぐに忘れても、苛められた者は中々、いや生涯忘れないか……」

脅しを掛けて来た者は、三十年前に苛められた恨みを晴らそうとしている。

執念……。

半兵衛は、脅しを掛ける者の苛められた恨みの深さを知った。

「ま、飲みな……」

半兵衛は、項垂れている彦兵衛に酌をした。

「畏れ入ります……」

彦兵衛は、淋《さび》しげな面持ちで猪口に満たされた酒を飲んだ。

三十年前、利三郎に苛められて『恵比寿屋』を辞めた小僧も今は四十歳を過ぎている。

苛められた記憶を秘めて生きて来た小僧は、その後の三十年余りをどのように生き、どんな男になっているのか……。

　半兵衛は、微かな不安を覚えた。

　鎌倉河岸に打ち寄せる波は、岸壁に当たって小さな音を響かせていた。


　湯島天神門前町の小料理屋『小梅や』は、静かに賑《にぎ》わっていた。

　見張っていた半次は、若い浪人の源之助が出て来ないと見定め、客を装って『小梅や』に入った。

「いらっしゃい……」

　老女将が迎えた。

「お邪魔しますよ」

　半次は、職人の親方を装って店の片隅に座り、酒を頼んだ。

「料理は如何《いかが》致します」

　老女将は微笑んだ。

「お勧めは何だい……」

「今日は、鯰《なまず》の付け焼きと茄子《なす》の丸煮ですよ」

「へえ、そいつは美味そうだ。じゃあ、両方貰おうか……」

半次は注文した。

「はい。少々お待ち下さい……」

老女将は、板場に入って行った。

半次は、それとなく店を見廻した。

若い浪人の源之助はいなかった。

狭い店には、大店の隠居や大工の棟梁《とうりよう》、袖無《そでな》し羽織《ばおり》の老武士などが、時々言葉を交わしながら酒と料理を楽しんでいた。

馴染客《なじみきやく》……。

小料理屋『小梅や』は、落ち着いた馴染客で賑わっている。

半次は読んだ。

若い浪人の源之助は尾行に気付き、駕籠抜《かごぬ》けをしたのか……。

半次は、秘かに焦《あせ》った。

「おまちどおさま……」

老女将が徳利を持って来た。

「おう……」

「さあ、どうぞ……」

老女将は、半次に徳利を向けた。

「こいつはすまないね」

半次は、老女将の酌を受けた。

「女将さん、茄子の丸煮です」

若い板前が、茄子の丸煮を持って板場から出て来た。

「あっ、源さん、此方のお客さまですよ」

「はい……」

若い板前は、茄子の丸煮を持って半次の許にやって来た。

「はい、茄子の丸煮です」

源さんと呼ばれた若い板前は、半次の前に茄子の丸煮を置いた。

半次は戸惑った。

若い板前の源さんは、若い浪人の源之助だった。

「おう、源さん、板前の腕、少しはあがりましたかい……」

大工の棟梁が声を掛けた。

「いやあ、棟梁、相変わらず、親方に怒られているよ」

源之助は苦笑し、板場に戻って行った。

駕籠抜けはされていなかった……。

若い浪人の源之助は、小料理屋『小梅や』で板前修行をしているのだ。

半次は、微かな安堵《あんど》を覚えた。

茄子の丸煮は良い味だった。

味噌汁《みそしる》の香りは、八丁堀北島町の組屋敷に漂《ただよ》った。

台所の囲炉裏端《いろりばた》では、半兵衛が半次や音次郎と朝飯を食べていた。

廻り髪結の房吉は、次の客が待っていると云って半兵衛の日髪日剃を終えて帰った。

「それで音次郎、あれから恵比寿屋に変わった事はなかったのだな」

半兵衛は、飯を食べ終えて茶を飲み始めた。

「はい。何事もありませんでした」

音次郎は、お代わりをした飯に生卵を掛けて搔《か》き込んだ。

「それで、あっしが追った手代の富吉を神田堀に投げ込んだ若い浪人ですが……」

半次は、茶を残り飯に掛けた。

「うん。何処の誰か突き止めたか……」

半兵衛は尋ねた。

「はい。苗字《みようじ》は分かりませんが、源之助と云う名前でしてね。池之端の弁天長屋に行っておさきと云う娘に逢い、その後、湯島天神門前町にある小梅やって小料理屋に……」

「小料理屋、その源之助って浪人たちの溜り場なのか……」

「いいえ。小梅やは老夫婦が営んでいる店でしてね。源之助はそこで板前修業をしていましたよ」

「板前修業……」

半兵衛は眉をひそめた。

「ええ。手代の富吉を神田堀に投げ込みましたが、見ている限り、質《たち》の悪い浪人とは……」

「思えないか……」

「はい。で、旦那の方は如何でした」

半次は頷き、半兵衛に尋ねた。

「そいつが、恵比寿屋の利三郎、小僧の頃は質の悪い苛めっ子だったようだ」

「質の悪い苛めっ子……」

半次と音次郎は、思わず顔を見合わせた。

「うん……」

半兵衛は、茶を飲みながら老番頭の彦兵衛から聞いた話を半次と音次郎にした。

「じゃあ、脅しを掛けているのは、利三郎旦那が小僧の時、苛められて店を辞めた朋輩って事ですか……」

半次は読んだ。

「おそらくね……」

「奉公先での苛めってのは、親元を離れている子供には本当に辛いですからね……」

音次郎の言葉には、怒りと哀しみが入り混じっていた。

「うむ……」

半兵衛は頷いた。

「でしたら旦那。源之助は、利三郎旦那が小僧の頃に苛めた朋輩と拘わりがあるって事ですか……」

半次は眉をひそめた。

「そうなるな……」

「利三郎旦那の朋輩となると、今は……」

「四十歳半ばぐらいの男だろうな……」

半兵衛は読んだ。

「ええ。今の処、源之助はそんな年頃の男と逢っちゃあいません……」

「ならば、源之助を見張り続けるしかないが、家は突き止めたのか……」

「そいつが、小梅やの納屋《なや》を改築した家で暮らしていました」

半次は小さく笑った。

「よし。じゃあ音次郎、念の為、引き続いて恵比寿屋を見張ってくれ」

「はい……」

「半次、小梅やに行ってみよう」

半兵衛は、座敷に向かった。

半次と音次郎は、朝飯の後片付けを始めた。

湯島天神門前町の盛り場は、漸《ようや》く遅い朝を迎えていた。

半兵衛は、門前町の自身番《じしんばん》を訪れた。

「小料理屋の小梅やですか……」

店番は、町内の名簿を捲《めく》った。

「うん。老夫婦が営んでいると聞いたが、名は何と云うのかな……」

「ええと、義助《ぎすけ》さんとおときさんですね……」

「歳は幾つぐらいだ」

「六十歳と五十五歳ですか……」

「そうか。義助とおとき、六十と五十五か……」

六十歳の義助が、利三郎の小僧の時の朋輩である筈はない。

「で、小梅やの納屋には、若い浪人が住んでいるようだな」

「は、はい。上州《じょうしゅう》浪人の水木《みずき》源之助さんです」

店番は、帳簿を見て告げた。

「歳は幾つかな」

「二十四歳ですね」

「水木源之助、二十四歳か……」

「白縫さま、小梅やがどうかしたんですか……」

店番は眉をひそめた。

「いや。ちょいとね……」

半兵衛は、番人の出してくれた茶を飲んだ。


小料理屋『小梅や』は、早々と店の掃除を終えていた。

半次は見張った。

「どうだ……」

半兵衛がやって来た。

「はい。源之助、女将さんと店の掃除をして中に……」

半次は告げた。

「そうか。源之助の苗字は水木だ……」

「じゃあ、水木源之助ですか……」

半次は知った。

「うん。二十四歳の上州浪人だそうだ」

半兵衛は、店の表が綺麗に掃除されている小料理屋『小梅や』を眺めた。

腰高障子が開いた。

半兵衛と半次は、素早く物陰に隠れた。

浪人姿の源之助が、小料理屋『小梅や』から出て来た。

「じゃあ親方、女将さん、ちょいと行って来ます」

源之助は、店の中に声を掛けて湯島天神に向かった。

「じゃあ旦那、あっしが先に……」

「頼む……」

半次は、源之助を追った。

半兵衛は続いた。


水木源之助は、湯島天神門前町を出て妻恋坂《つまごいざか》を下った。そして、明神下の通りを神田川に架かっている昌平橋に向かった。

半次は追った。

米問屋『恵比寿屋』に行くのか……。

半次は、源之助の行き先を読んだ。

神田川の流れは輝き、昌平橋には多くの人が行き交っていた。

源之助は、昌平橋を渡って八ツ小路に出た。

半次は尾行た。

源之助は、八ツ小路を行き交う人々の間を抜けて連雀町に進んだ。

やはり、行き先は本銀町の米問屋の恵比寿屋か……。

半次は睨んだ。


本銀町の米問屋『恵比寿屋』には客が出入りし、米蔵の前からは米俵を積んだ大八車が人足たちに引かれて威勢良く出て行った。

音次郎は、神田堀を背にした稲荷堂の陰から見送った。

やって来た二人の浪人が、米問屋『恵比寿屋』の前に立ち止まって辺りを見廻した。

何だ……。

二人の浪人は、米を買いに来たようには見えなかった。

音次郎は緊張した。

二人の浪人は、米問屋『恵比寿屋』に脅しを掛けている者の一味なのかもしれない。

何かが起こる……。

音次郎は読み、米問屋『恵比寿屋』を厳しい面持ちで見守った。

米問屋『恵比寿屋』には何も起こらず、客は出入りした。

「音次郎……」

半次が駆け寄って来た。

「親分……」

「源之助が来る……」

半次は、源之助が米問屋『恵比寿屋』に行くと見定め、先廻りをして来たのだ。

「源之助が……」

「ああ。恵比寿屋に変わった事はないな」

「ええ。ですが今し方、二人の浪人が入って行きました……」

「二人の浪人……」

半次は眉をひそめた。

四

水木源之助は、米問屋『恵比寿屋』の前で立ち止まった。

半次と音次郎は見守った。

源之助は、米問屋『恵比寿屋』の店内の様子を窺った。

「どうだ……」

半兵衛が、半次と音次郎の許にやって来た。

「店の様子を窺っています」

「何かやる気かな……」

半兵衛は、厳しさを過《よ》ぎらせた。

「それから旦那、源之助が来る前に浪人が二人、恵比寿屋に入って行ったそうです」

半次は報せた。

「何……」

半兵衛は眉をひそめた。

「源之助の仲間ですかね」

音次郎は懸念した。

「いや。源之助に仲間がいるとは思えない」

半兵衛は睨んだ。

「じゃあ……」

音次郎は戸惑った。

「おそらく、利三郎が雇った用心棒《ようじんぼう》だろう」

半兵衛は読んだ。

「用心棒……」

半次と音次郎は戸惑った。

「うむ……」

半兵衛は頷いた。

旦那の利三郎は、手代の富吉が神田堀に投げ込まれたのをみて、用心棒を雇ったのだ。

半兵衛は、源之助を見守った。

米問屋『恵比寿屋』を窺っていた源之助は、何かを察知したのか踵《きびす》を返した。

「待て……」

二人の浪人が、『恵比寿屋』から飛び出して来て源之助の前後を塞《ふさ》いだ。

「旦那……」

音次郎は意気込んだ。

「慌《あわ》てるな……」

半兵衛は、音次郎を制した。

源之助は、二人の浪人と対峙《たいじ》した。

行き交う人々は立ち止まり、恐ろしげに囁《ささや》き合った。

米問屋『恵比寿屋』の手代や小僧は、戸口に隠れるようにして見守った。

「何だ……」

源之助は、薄笑いを浮かべた。

「恵比寿屋に何の用だ……」

二人の浪人は身構え、源之助に厳しく問い質した。

「別に用などない……」

「ならば何故、恵比寿屋を窺っていた」

「窺ってなどいない。眺めていただけだ」

源之助は苦笑した。

「黙れ、一緒に来い」

浪人の一人が、源之助を取り押さえようと手を伸ばした。

刹那、源之助は浪人の手を摑《つか》んで鋭い投げを打った。

浪人は大きく宙を舞い、地面に激しく叩き付けられた。

土埃《つちぼこり》が舞い上がった。

「おのれ……」

残る浪人は、源之助に斬り掛かった。

源之助は迫る刀を素早く躱《かわ》し、浪人の脾腹《ひばら》に拳《こぶし》を鋭く叩き込んだ。

浪人は、苦しく呻《うめ》きながらその場に崩れ落ちた。

源之助は苦笑し、米問屋『恵比寿屋』を見据えた。

戸口から覗いていた手代や小僧たちが、慌てて引っ込んだ。

「恵比寿屋利三郎、用心棒を雇って通り掛かりの者に因縁《いんねん》を付けさせ、昼日中《ひるひなか》天下の往来で白刃《はくじん》を振り廻させるとは呆れた所業。それも此も、自分の非道な悪事を隠したいが一心か……」

源之助は、思いも寄らぬ事を怒鳴《どな》った。

見守っていた者たちは、驚きを浮かべて米問屋『恵比寿屋』を見て囁き合った。

「恵比寿屋利三郎、人を人とも思わぬお前の非道な悪事は、やがて世間に知れ渡ると覚悟していろ」

源之助は怒鳴り、米問屋『恵比寿屋』に蔑《さげす》みの一瞥を投げ掛けて外濠に向かった。

見守っていた人々は、慌てて道を開けて散った。

「半次、音次郎……」

半兵衛は、半次と音次郎に源之助を追えと目配せをした。

「私は利三郎がどう出るか見定める」

「はい。じゃあ……」

半次と音次郎は、源之助を追った。

半兵衛は、米問屋『恵比寿屋』を眺めた。

手代や小僧たちが、倒れている二人の浪人を横手の米蔵の方に担ぎ込んでいった。

源之助が怒鳴っていた利三郎の非道な悪事とは、小僧時代の質の悪い苛めの事なのだ。

だが、何も知らない世間は、利三郎がかつて人を人とも思わない非道な悪事を働いたと眉をひそめて囁き合う。そして、米問屋『恵比寿屋』に悪い噂が立ち、評判は下がる。

源之助の狙いはそこにある。

半兵衛は読んだ。

だが、源之助が米問屋『恵比寿屋』に来たのは、その為ではない筈だ。

他に目的があって来た処が、二人の浪人の用心棒が現れての成行《なりゆ》きなのだ。

源之助は、予想外の出来事を上手《うま》く利用したのだ。

半兵衛は見定め、苦笑した。

それで、米問屋『恵比寿屋』利三郎はどうするのか……。

半兵衛は、米問屋『恵比寿屋』を見据えた。

源之助は、来た道を戻って連雀町から八ツ小路に出た。

半次と音次郎は、充分に距離を取って慎重に尾行た。

源之助は昌平橋に向かった。

半次は、源之助が昨日と同じ道筋を進んでいるのに気が付いた。

池之端の弁天長屋に行くのか……。

半次は睨んだ。

米問屋『恵比寿屋』の店内は薄暗く、沈んだ気配に満ちていた。

それは、手代や小僧たち奉公人が、源之助の言葉に動揺している証《あかし》でもあった。

「邪魔をする」

半兵衛は、居合わせた手代に老番頭の彦兵衛を呼ぶように頼んだ。

彦兵衛が奥から現れ、商談用の座敷に半兵衛を招いた。

「騒ぎがあったようだね」

半兵衛は笑い掛けた。

「は、はい……」

彦兵衛は、半兵衛が何もかも知っていると気付き、項垂れた。

「で、刀を抜いた浪人共は……」

「旦那さまに雇われた用心棒にございます」

彦兵衛は、困ったように告げた。

「やはりね。昼日中往来で刀を抜くとは、余り頼りにならない用心棒だな。下手をすると恵比寿屋は闕所《けっしょ》だよ」

半兵衛は、用心棒の程度の悪さと、『恵比寿屋』の置かれた立場を告げた。

「は、はい。申し訳ございません。どうかお許しを……」

彦兵衛は平伏した。

「で、浪人が怒鳴った、人を人とも思わぬ非道な悪事ってのを、利三郎はどう云っているんだ」

半兵衛は尋ねた。

「それが、旦那さまは根も葉もない云い掛かりだと……」

「怒っているのか……」

「はい……」

彦兵衛は、辛そうに項垂れた。

「よし、じゃあ利三郎を呼んで貰おうか……」

半兵衛は、厳しい面持ちで告げた。

「えっ……」

彦兵衛は戸惑った。

「利三郎が小僧の頃に苛めた朋輩が誰か訊くしかあるまい……」

半兵衛は苦笑した。


池之端弁天長屋には、赤ん坊の泣き声が響いていた。

半次と音次郎は、水木源之助が奥の家に入ったのを見届けた。

「やっぱり此処に来たか……」

半次は、己の睨みが当たったのを知った。

「誰の家ですか……」

音次郎は眉をひそめた。

「おさきって娘がいるんだが、詳《くわ》しくは未だでな。ちょいと自身番に行って来る」

「はい……」

半次は、音次郎を見張りに残して池之端の自身番に急いだ。

「白縫さま……」

米問屋『恵比寿屋』利三郎は、緊張した面持ちで半兵衛を迎えた。

「やあ。騒ぎは聞いたよ」

「は、はい。何処の馬の骨か分からない浪人のとんでもない云い掛かりにございます」

「そうか。人を人とも思わぬ非道な悪事ってのには、心当たりはないか……」

「はい。そいつはもう……」

利三郎は、不愉快そうに頷いた。

「利助と名乗っていた小僧の時もか……」

半兵衛は、利三郎を厳しく見据えた。

「えっ……」

利三郎は戸惑った。

「利三郎、お前は小僧の時、朋輩にした苛めを忘れているようだな」

「小僧の時の苛め……」

利三郎は戸惑った。

「うむ。油を掛けて火を付けると脅し、飯に唾を掛けて食べさせ、神田堀に突き落とす……」

半兵衛は告げた。

利三郎は、顔色を変えた。

「結び文に書かれていた脅し……」

利三郎は気が付いた。

「そうだ。投げ込まれた結び文に書かれていた脅しは、お前が小僧の時、朋輩にした苛めなんだよ」

「そ、そんな大昔の事……」

利三郎は呆然とした。

「ああ。お前にはとっくに忘れた大昔の事でも、忘れたくても忘れられない者もいるんだ」

半兵衛は、利三郎を厳しく見据えた。

「で、では今日の若い浪人は……」

「きっと、お前の苛めに堪《た》えられず店を辞めていった小僧、朋輩と何らかの拘わりがあるのだろうな」

半兵衛は読んだ。

「せ、仙吉《せんきち》が侍と拘わりがあるなんて……」

利三郎は思わず呟《つぶや》いた。

「仙吉と云うのか、小僧の時に苛めた朋輩の名前は……」

半兵衛は眉をひそめた。


「仙吉……」

半次は聞き返した。

「ええ……」

池之端の自身番の店番は、町内名簿を手にして頷いた。

「弁天長屋でおさきって娘と一緒に暮らしている者ですよ」

「ええ。おさきの父親の仙吉、居職《いじょく》の錺職《かざりしょく》ですが、確か今は病で寝込んでいる筈だよ」

「病……」

店番は告げた。

半次は眉をひそめた。

「ああ。気の毒に重い病だと聞いたよ。娘のおさきも大変だろうな」

店番は、仙吉とおさき父娘に同情した。

米問屋『恵比寿屋』利三郎が小僧の頃に苛めていた朋輩は、仙吉と云う名前だった。

小僧の仙吉……。

利三郎は、三十年間も忘れていた名前を瞬時に思い出した。

仙吉は、朋輩の利助に油を掛けられて火を付けると脅され、飯に唾を掛けられ、神田堀に突き落とされるなどの苛めを受け、米問屋『恵比寿屋』を辞めていった。

「仙吉……」

利三郎は、困惑した面持ちで呟いた。

「うむ。三十年前、苛められて店を辞めていった仙吉は、ずっとお前を恨み続けていたのかもしれない」

半兵衛は告げた。

「そんな。三十年も昔の事です。十二、三歳の小僧の頃の遊び、高《たか》が苛めです。三十年も恨むなどと……」

利三郎は狼狽えた。

「利三郎、お前にとっては軽い気持ちでやった楽しい遊び、高が苛めに過ぎなかったかもしれぬが、やられる仙吉には地獄のような苛めだったのだ……」

半兵衛は、利三郎を見据えた。

「地獄のような苛め……」

利三郎は、激しい衝撃を受けた。

「ああ。お前の苛めは、生涯忘れられない恨みとして仙吉に残っていた」

半兵衛は、利三郎を見据えて厳しく告げた。

激しい衝撃を受けた利三郎は、言葉もなく項垂れて微かに震えた。

「して利三郎、仙吉が恵比寿屋を辞めてからどうしたか知っているか……」

「いいえ……」

「ならば、今何処に住み、何を生業《なりわい》にしているのかも知らぬか……」

「はい。存じません……」

利三郎は項垂れ、震え続けた。

「そうか……」

半兵衛は頷いた。

利三郎は、小僧の頃の苛めが米問屋『恵比寿屋』を窮地に追い込んでいる事に激しく打ちのめされていた。

半兵衛は、そんな利三郎を冷徹に見詰めた。

米問屋『恵比寿屋』は客足も途絶え、奉公人たちは手持ち無沙汰《ぶさた》に刻を過ごしていた。

人を人とも思わぬ非道な悪事……。

それは、噂となって広まり始めたのかもしれない。

半兵衛は、利三郎と彦兵衛に見送られて米問屋『恵比寿屋』を出た。

斜向かいにある稲荷堂の陰に音次郎がいた。

何か摑んで来た……。

半兵衛の勘が囁いた。

「どうした……」

半兵衛は、音次郎のいる稲荷堂の陰に入った。

「旦那、水木源之助、池之端の弁天長屋に行きました」

音次郎は告げた。

「池之端の弁天長屋と云うと、おさきと云う娘のいる長屋だな」

「はい。長屋にはおさきと重い病で寝込んでいる父親が暮らしているそうでしてね。水木源之助、何をしに行っているのか……」

音次郎は、半次から聞いた事を報せた。

「重い病で寝込んでいる父親……」

半兵衛は眉をひそめた。

「はい。居職の錺職で仙吉と云う名前です」

音次郎は告げた。

「仙吉……」

半兵衛は、思わず聞き返した。

「はい……」

「音次郎、恵比寿屋の利三郎が小僧の頃に苛めた朋輩の名も仙吉だ」

半兵衛は告げた。

「えっ……」

音次郎は驚いた。

「よし。弁天長屋に行くぞ」

半兵衛は、稲荷堂の陰を出て外濠沿いの道に向かった。

池之端弁天長屋の井戸端では、おかみさんたちがお喋《しゃべ》りをし、幼い子供たちが賑やかに遊んでいた。

半次は、木戸の陰から奥の家を見張っていた。

水木源之助が出て来る事はなかった。

おかみさんたちが幼い子供たちを連れて家に戻り、弁天長屋は再び静けさに覆われた。

「半次……」

半兵衛が、音次郎と共にやって来た。

「水木源之助は……」

「未だ……」

半次は、奥の家を示した。

「そうか。で、おさきの父親の仙吉、重い病で寝込んでいるそうだな」

「はい。何でも胃の腑に質の悪い腫《は》れ物《もの》が出来る死病だそうです」

半次は、微かな哀れみを過ぎらせた。

「そいつか……」

半兵衛は、自分も胃の腑に質の悪い腫れ物が出来る死病に罹《かか》ったと思い込み、秘かに悩み苦しんだ事があった。

「おさきの父親の仙吉がどうかしましたか……」

「うん。利三郎が小僧の頃に苛めた朋輩、名前は仙吉だったよ」

「仙吉……」

半次は眉をひそめた。

「うむ……」

半兵衛は、奥の家を見詰めた。

「じゃあ……」

半次は、奥の家を振り返った。

「ああ。おさきの父親、胃の腑の死病に罹っている仙吉かもしれない」

半兵衛は読んだ。

「ええ……」

「先ず《ま》は確かめる……」

半兵衛は、小さな笑みを浮かべた。

狭い家の中は、痛み止めの薬湯《やくとう》の匂いに満ち溢《あふ》れていた。

半兵衛が訪れた時、水木源之助は何気なくおさきと寝ている仙吉を庇《かば》った。

「私は北町奉行所の白縫半兵衛……」

半兵衛は名乗り、狭い家の中を窺った。

狭い土間の脇には、居職の錺職の当て台と手入れされた道具が置かれていた。

「何の御用でしょうか……」

おさきは、顔を強張《こわば》らせて半兵衛を見詰めた。

「うん。仙吉にちょいと訊きたい事があって来たのだが、無理かな……」

半兵衛は、寝ている仙吉の顔を見た。

窶《やつ》れた面持ちの仙吉は眼を瞑り、薄い胸を僅かに上下させていた。

「は、はい。私の知っている事なら……」

おさきは、半兵衛の仙吉への視線を遮《さえぎ》った。

「そうか。ならば尋ねるが、仙吉は三十年前、十二、三歳の頃、本銀町の米問屋恵比寿屋に小僧として奉公しちゃあいなかったかな」

半兵衛は訊いた。

「えっ。いえ、聞いてはおりません」

おさきは微かに狼狽え、必死に半兵衛を睨み付けた。

三十年前、仙吉は米問屋恵比寿屋に奉公していた……。

半兵衛は、おさきの様子からそう見定めた。

「そうか……」

半兵衛は頷いた。

「白縫さま……」

嗄《しやが》れ声がした。

仙吉だった。

「お父っつあん……」

おさきは狼狽えた。

「仰《おつしや》る通り、三十年前、あっしは恵比寿屋に小僧として奉公していました」

「止《や》めて、お父っつあん……」

おさきは、仙吉を止めた。

「おさき、もう充分だよ……」

仙吉は、哀しげな笑みを浮かべた。

「でも、お父っつあん、三十年もの間、時々うなされる程、悔しい思いを……」

おさきはすすり泣いた。

「そうか。恵比寿屋に小僧として奉公していた仙吉は、やはりお前さんか……」

「はい……」

仙吉は、眼を瞑って頷いた。

眼尻から涙が流れた。

「白縫さん……」

源之助は、半兵衛に向き直った。

「水木源之助だね」

「はい。恵比寿屋との一件、私がお話し致します。どうか、表に……」

源之助は、半兵衛に頼んだ。

「源之助さん……」

おさきは不安を浮かべた。

「心配するな、おさきちゃん。白縫さん……」

「良かろう」

半兵衛は頷いた。

「源之助さん……」

仙吉は、寝たまま源之助に手を合わせた。

不忍池の中ノ島にある弁財天には、多くの参拝人が訪れていた。

半兵衛は、音次郎を仙吉おさき父娘の見張りに残し、源之助や半次と不忍池の畔《ほとり》に出た。

「恵比寿屋に脅し文を投げ込んだのは、お前さんだね」

「はい。仙吉さんが三十年前に受けた苛めで脅しを掛けました」

「そいつは、仙吉に頼まれての事かな」

「いいえ。仙吉さんは古い昔の事だと。ですが、胃の腑の病に倒れ、時々苛めを受けた昔を思い出してうなされ、許しを乞《こ》う仙吉さんを見て、おさきちゃんが私に……」

「ならば、脅しを企《くわだ》てたのはおさきか……」

「いいえ。おさきちゃんは私に相談しただけで、脅しを企てたのは私です……」

源之助は、不忍池を眩《まぶ》しげに眺めた。

「ほう。お前さんがね……」

「仙吉さんは苛められて恵比寿屋を辞め、苦労を重ねて錺職になり、おかみさんを亡くしたが、漸く落ち着いた時、胃の腑の死病に取《と》り憑《つ》かれた。それに引き替えて酷い苛めを続けた利助は、恵比寿屋の娘婿になって恵比寿屋の主に納まっている。許せない程の違いだ」

源之助は、怒りを滲ませた。

「それで、脅しを企てたか……」

「はい。仙吉さんがどんな苛めを受けたのか、おさきちゃんに聞き……」

「脅し文を投げ込み、恵比寿屋の板塀に油を掛け、手代を神田堀に投げ込んだか……」

「手代には済まない事をしました」

源之助は、手代に詫びた。

「そうか。して、恵比寿屋利三郎を脅してどうするつもりだ」

半兵衛は尋ねた。

「評判を落として苦しめる……」

源之助は、小さな笑みを浮かべた。

「それだけか……」

「ええ……」

源之助は頷いた。

「分かった。ならば、恵比寿屋への脅し、もう終わりにするのだな」

半兵衛は命じた。

「えっ。脅しは牢に入れば、おのずと出来ぬ事……」

源之助は戸惑った。

「誰がお前さんをお縄にして牢に入れると云った……」

半兵衛は苦笑した。

「白縫さん……」

源之助は、戸惑いを浮かべた。

「脅しを掛けても、人の命や金を奪った訳じゃあない。それに恵比寿屋利三郎も此以上の騒ぎになるのは望まぬ筈だ」

「白縫さん……」

源之助は、半兵衛に感謝の眼差しを向けて深々と頭を下げた。

「処でお前さんとおさき、どんな仲なんだい」

半兵衛は笑い掛けた。

「私が一人前の板前になったら所帯を持つ約束なんです」

源之助は、照れ臭そうに笑った。

「へえ、そいつはいい。早く小梅やの親方に一人前だと認められるといいな」

「はい。えっ……」

源之助は、半兵衛が小料理屋『小梅や』を知っているのに困惑した。

「じゃあな……」

半兵衛は、半次を伴って不忍池の畔から立ち去った。

源之助は立ち尽くした。

不忍池は煌めいた。


囲炉裏の火には鳥鍋が掛けられていた。

半兵衛、半次、音次郎は、酒を飲みながら鳥鍋が出来るのを待っていた。

「それで旦那、恵比寿屋脅しの一件は、此でお仕舞いですか……」

音次郎は尋ねた。

「うん。恵比寿屋利三郎も騒ぎが大きくなるのは望んでいないからね。ま、水木源之助もも う脅しは止めると云ったのだ。私も知らん顔を決め込むよ」

半兵衛は酒を飲んだ。

「そいつが良いですね……」

半次は微笑んだ。

世の中には、私たちが知らぬ顔をした方が良い事もある……。

「さあ、出来たぞ……」

半兵衛は、鳥鍋の蓋《ふた》を取った。

湯気が一気に立ち昇った。

第二話　三下奴《さんしたやっこ》

一

北町奉行所は呉服橋御門内にあり、近くには評定所《ひょうじょうしょ》もあった。

臨時廻《りんじまわ》り同心の白縫半兵衛は、岡っ引の半次と下っ引の音次郎を伴って見廻りに出た。

見廻りの道筋は幾つかあり、八ツ小路から神田明神、湯島天神、不忍池から下《した》谷広小路《やひろこうじ》、浅草《あさくさ》、両国《りょうごく》に抜ける道筋もその一つだった。

半兵衛は、半次や音次郎と下谷広小路の茶店に立ち寄って一息入れた。

下谷広小路には東叡山寛永寺《とうえいざんかんえいじ》や不忍池の弁財天の参拝客が行き交っていた。

半兵衛、半次、音次郎は、茶を飲みながら行き交う人々を眺めた。

「旦那……」

半次は、人込みをやって来る羽織を着た白髪頭の小柄な年寄りと派手な半纏《はんてん》を着た男たちを示した。

「誰だい……」

半兵衛は茶を啜《すす》った。

「元黒門町《もとくろもんちょう》の香具師《やし》の元締《もとじめ》の長兵衛《ちょうべえ》ですよ」

半次は告げた。

「ほう。あの小柄な年寄りが香具師の元締の元黒門町の長兵衛か……」

「はい。一声掛ければ三百、四百の香具師が直ぐに集まるって噂ですよ」

「そいつは凄《すご》いな……」

半兵衛は苦笑した。

香具師とは、縁日や祭礼などで見世物を興行し、安物を売るのを生業《なりわい》にする者たちを称した。そして、元締は香具師の為に寺や神社と交渉し、縁日や祭礼での地割りをしたりする纏《まと》め役である。

元黒門町の長兵衛は、派手な半纏を着た子分たちを従えて通り過ぎて行った。

半兵衛は見送った。

若い男が、長兵衛たちの後からやって来た。

半兵衛は、若い男の顔を見て眉をひそめた。

若い男は懐に右手を入れ、先を行く長兵衛たちに据わった眼を向けて通り過ぎて行った。

殺気……。

半兵衛は、若い男の据わった眼に殺気を感じた。

「行くよ……」

半兵衛は、茶代を置いて縁台から立ち上がった。

半次と音次郎が慌てて続いた。

半兵衛は、若い男を追った。

「旦那……」

半次は、戸惑った面持ちで声を掛けた。

「あの若いの、元黒門町の長兵衛の命を狙っている……」

半兵衛は、若い男の後ろ姿を見詰めた。

「えっ……」

半次と音次郎は驚いた。

若い男は、元黒門町の長兵衛と派手な半纏の子分たちを追った。

元黒門町の長兵衛と派手な半纏の子分たちは、元黒門町の裏通りに進んだ。

一軒の店の前にいた若い衆が、中に向かって叫んだ。

「元締のお帰りです」

店の中から数人の子分と浪人が現れ、元締の長兵衛と子分たちを迎えた。

「お帰りなさい……」

「うん。今、帰ったよ」

長兵衛は、子分と浪人たちに迎えられて店に入って行った。

若い男は見送った。

そして、詰めていた息を大きく吐いて全身の緊張を解いた。

「どうやら、諦めたようだな」

半兵衛は、若い男の様子を見定めた。

「はい……」

半次は頷いた。

「あいつ……」

音次郎は、若い男を見て首を捻った。

「知っているのか……」

　半次は尋ねた。

「知っていると云うか、昔、何処かの賭場《とば》で見掛けた顔ですよ」

　音次郎は、半次の下っ引になる前は、博奕打《ばくちう》ちを気取っていた。その時、いろいろな賭場に出入りをしており、若い男はその頃に見掛けた顔なのだ。

「じゃあ、博奕打ちか……」

「さあ、あっしが見掛けた頃は、三下奴でしたが……」

〝三下奴〟とは、博奕打ちの最下級の者であり、〝三下野郎〟とも呼ばれた。

　若い男は、踵《きびす》を返した。

「どうします」

　半次は、半兵衛の指示を仰いだ。

「うん。何処の誰か突き止めてみるか……」

「分かりました。じゃあ、あっしと音次郎が追ってみます」

「そうか。頼むよ」

「承知……」

　半次と音次郎は、半兵衛を残して若い男を追った。

半兵衛は見送り、元黒門町の木戸番屋に向かった。

元黒門町の木戸番屋では、老木戸番の久助《きゅうすけ》が掃除をしていた。

「やあ、久助の父っつあん……」

半兵衛は、木戸番屋の縁台に腰掛けた。

「こりゃあ、知らん顔の旦那……」

久助は、半兵衛を笑顔で迎えた。

「変わりはないかい」

「お陰さまで達者にしておりますよ」

「そいつは良かった」

「今、お茶を淹《い》れますぜ」

久助は、茶を淹れに木戸番屋の奥に行った。

半兵衛は、縁台に腰掛けたまま元黒門町の長兵衛の店を眺めた。

長兵衛の店の前には、二人の若い衆が見張りに付いていた。

何かを警戒している……。

それは何時《いつ》もの事なのか、それとも何かがあったからなのか……。

半兵衛は気になった。

「旦那、どうぞ……」

久助が、半兵衛に茶を持って来た。

「やあ。こいつは済まないね。戴くよ」

半兵衛は、茶を啜った。

「旦那、御役目ですかい……」

「うん。父っつあん、元黒門町の長兵衛、誰かと揉めているのかな……」

半兵衛は尋ねた。

「さあ、別に聞いちゃあいませんが、そう云えば若い衆が表にいますね」

久助は、長兵衛の店を眺めて首を捻った。

「表の若い衆、何時もはいないのかい……」

「ええ。何時ものんびりしているんですがね。何かあったのかな……」

久助は眉をひそめた。

香具師の元締、元黒門町の長兵衛は何者かと揉めており、博奕打ちの三下奴に命を狙われているのだ。

半兵衛は見定めた。

下谷広小路から新寺町《しんてらまち》を東に進むと浅草の東本願寺《ひがしほんがんじ》前に出る。
若い男は、東本願寺前から浅草広小路に抜けた。
半次と音次郎は尾行《つけ》た。
若い男は、浅草広小路の雑踏を抜けて隅田川《すみだがわ》に架かる吾妻橋《あづまばし》の袂に出た。
隅田川には様々な船が行き交っていた。
若い男は、土手に座って隅田川の流れを眺めた。
半次と音次郎は、物陰から見守った。
「何してんですかね……」
音次郎は眉をひそめた。
「うん……」
半次は、若い男を窺った。
若い男は、隅田川を眺め続けていた。
隅田川は流れ、刻が僅かに過ぎた。
若い男は、己を励ますかのように両手で両頰を叩き、勢い良く立ち上がった。

半次と音次郎は、物陰に隠れた。

若い男は、吾妻橋の袂に戻って花川戸町《はなかわどちょう》に進んだ。

半次と音次郎は追った。

若い男は、浅草山之宿町《あさくさやまのしゆくちよう》の通りに面した店に入った。

半次と音次郎は見届けた。

「誰の家かな……」

「山之宿の五郎八《ごろはち》って博奕打ちの貸元《かしもと》の家です」

音次郎は知っていた。

「山之宿の五郎八……」

半次は眉をひそめた。

「はい。そうか、彼奴《あいつ》、山之宿の五郎八の賭場の三下だったのか……」

「で、山之宿の五郎八、どんな貸元だ」

「質《たち》の悪い野郎ですよ」

音次郎は吐き棄《す》てた。

「質が悪いか……」

質の良い博奕打ちの貸元には、滅多《めった》にお目に掛からない……。

「外道《げどう》ですよ」

「外道……」

半次は苦笑した。

「ええ。大店の旦那や若旦那、此と云った鴨を見付けたら、最初は勝たせて博奕にのめり込ませ、後は如何様《いかさま》でも何でもして負けさせて借金漬けにし、身代《しんだい》を毟《むし》り取るって寸法ですよ」

「良くある手口だな」

「ええ。それなのに直ぐ引っ掛かる奴がいるんですよね、大店の旦那や若旦那の中には……」

音次郎は、呆れたように笑った。

「香具師の元締の長兵衛と博奕打ちの貸元五郎八か……」

五郎八は、長兵衛に何らかの遺恨《いこん》を持って三下に命を狙わせているのか……。

半次は読んだ。

若い男が、五郎八の家から出て来た。

「親分……」

「うん。追い掛けるぞ」

半次と音次郎は、物陰を出て若い男を追った。

東本願寺の西側を新堀川《しんぼりがわ》が流れている。

若い男は、東本願寺の前、新堀川に架かっている菊屋橋《きくやばし》を渡り、浅草阿部川《あさくさあべかわ》町《ちょう》に進んだ。そして、新堀川沿いにある古い長屋の木戸を潜った。

半次と音次郎は、古い長屋の木戸に走った。


古い長屋に入った若い男は、井戸端でお喋りをしている大年増《おおどしま》のおかみさんたちの横を通って奥の家に向かっていた。

「あら、早いね、文七《ぶんしち》……」

大年増のおかみさんが若い男に声を掛けた。

「うん……」

若い男は、大年増のおかみさんたちに小さく笑って見せ、奥の家に入って行った。

「文七ですか……」

「ああ……」

若い男の名は文七……。

半次と音次郎は、若い男の名と家を知った。

大年増のおかみさんたちは、それぞれの家に戻って行った。

古い長屋に静けさが訪れた。

半次と音次郎は見守った。

奥の文七の家から十二、三の娘が手桶《ておけ》を持って現れ、井戸端《いどばた》に水を汲《く》みに走った。

「文七の妹ですかね……」

「きっとな……」

半次は頷いた。

娘は、井戸の水を汲んだ手桶を持って文七の家に戻って行った。

「音次郎、此処《ここ》を頼む。俺はちょいと大家さんの処に行って来る」

「はい……」

音次郎は、木戸の陰から文七の家を見張った。

半次は、古い長屋の大家の処に急いだ。

夕暮れ時が近付いた。

大川《おおかわ》を吹き抜けた川風は、柳橋《やなぎばし》の船宿『笹舟《ささぶね》』の暖簾を揺らしていた。

「邪魔するよ」

半兵衛は、船宿『笹舟』の暖簾を潜った。

「これは、半兵衛の旦那、いらっしゃいませ」

帳場にいたお糸《いと》が、半兵衛を迎えた。

「やあ。久し振りだね、お糸……」

「はい。旦那もお変わりなく……」

「まあな。柳橋、いるかな……」

「はい。おっ母さん、半兵衛の旦那ですよ」

お糸は、居間にいるおまきに告げた。

「あら、半兵衛の旦那……」

女将のおまきが、居間から出て来た。

「やあ……」

半兵衛は、女将のおまきに笑い掛けた。

座敷には、川風が柔らかく吹き抜けていた。

「さあ、どうぞ……」

おまきは、半兵衛に酌をした。

「久し振りだね。女将に酌をして貰うのは……」

半兵衛は笑った。

「ええ……」

おまきは微笑《ほほえ》んだ。

岡っ引の柳橋の弥平次《やへいじ》は、手酌《てじゃく》で己の猪口《ちょこ》に酒を満たした。

「じゃあ、旦那……」

「うん。戴く……」

半兵衛と弥平次は酒を飲んだ。

「じゃあ、ごゆっくり……」

おまきは、座敷から出て行った。

「で、旦那、御用は……」

弥平次は、半兵衛に徳利を差し出した。

「うん。柳橋の、香具師の元締の元黒門町の長兵衛を知っているかな」

半兵衛は、弥平次の酌を受けながら尋ねた。

「はい。長兵衛が何か……」

弥平次は頷き、半兵衛を見詰めた。

「最近、博奕打ちと揉めているって噂、聞いちゃあいないかな」

「さあて、香具師の事となれば、あっしより雲海坊《うんかいぼう》か由松《よしまつ》に訊いた方が良いでしょう」

托鉢坊主《たくはつぼうず》の雲海坊としゃぼん玉売りの由松は、商売の拘《かか》わりで香具師にも多くの知り合いがいる。

「そうか……」

「はい。じゃあ、ちょいとお待ちを……」

弥平次は、座敷から出て行った。

川風が吹き抜け、半兵衛の鬢《びん》の解《ほっ》れ髪《がみ》を揺らした。

半兵衛は酒を飲んだ。

「旦那、丁度、由松が来ていましたよ」

弥平次が、しゃぼん玉売り姿の由松を伴って戻って来た。

「こいつは半兵衛の旦那。御無沙汰しております」

由松は、半兵衛に挨拶をした。

「やあ、由松。達者だったかい……」

「はい。お陰さまで……」

「そいつはなにより。それで、訊きたい事があってね」

「元黒門町の長兵衛ですかい……」

由松は、弥平次から聞いて来ていた。

「うん。博奕打ちの若い三下が、どうやら長兵衛を狙っていてね」

「若い三下が……」

由松は眉をひそめた。

「ああ。どうだい長兵衛が博奕打ちと揉めたような噂、聞いちゃあいないかな」

「さあて、此と云って聞いちゃあいませんが、ちょいと調べてみますか……」

「出来るかい……」

「はい。長兵衛の店に出入りしている奴に親しくしているのがいますので……」

由松は、小さく笑った。

「そうか。じゃあ柳橋の、由松に働いて貰うが、いいかな」

「そりゃあもう……」

弥平次は頷いた。

「じゃあ、由松。宜《よろ》しく頼むよ」

半兵衛は、頭を下げて頼んだ。

大川は、いつの間にか夕暮れ時の景色に変わっていた。


香具師の元締、元黒門町の長兵衛を狙う若い男は、博奕打ちの貸元山之宿の五郎八の身内の文七だった。

文七は、浅草阿部川町の古い長屋で病の母親おきちや妹のおゆきと暮らしていた。

半次は、半兵衛に報せた。

「文七か……」

「ええ。貸元の五郎八ですがね。音次郎に云わせれば、質の悪い外道だそうですよ」

「じゃあ、文七は五郎八に命じられて長兵衛の命を狙っているのだな」

「きっと。それで文七、山之宿の五郎八の処に行く前、隅田川の土手に暫《しば》く座り込んでいましてね」

「隅田川の土手……」

「ええ。隅田川を眺めていましたが、何だか哀しげでしたよ」

半次は告げた。

「そうか……」

半兵衛は眉をひそめた。

「で、旦那の方は如何でした」

「うん。元黒門町の長兵衛、博奕打ちと何を揉めているのか、柳橋の処の由松に探るように頼んだよ」

「ああ。由松なら長兵衛の身内に知り合いの一人や二人、いるんでしょうね」

半次は頷いた。

「うん。で、文七は……」

「音次郎が張り付いています」

「そうか。それにしても文七、何故、長兵衛殺しを引き受けたのかな……」

半兵衛は首を捻った。

「ええ。何だか込み入った理由があって引き受けたんでしょうね」

「ならば、文七の本意じゃあないか……」

「あっしもそう思います」

「そうか……」

半兵衛は、厳しさを滲ませた。


浅草阿部川町の古い長屋は、おかみさんたちの洗濯も終わって静かだった。

音次郎は、木戸の陰で見張り続けていた。

文七は、おかみさんたちが終わるのを見計らって妹のおゆきと飯を作り、洗濯をしたりしていた。

文七の家からは、薬湯の匂いが微かに漂っていた。

「どうだ……」

木戸の陰にいる音次郎の許に、半次と半兵衛がやって来た。

「親分、旦那……」

「御苦労さん……」

半兵衛は労《ねぎら》った。

「いいえ、どうって事ありませんよ……」

音次郎は笑い、文七が妹のおゆきと飯を作り、洗濯をしている事を告げた。

文七は、病の母親と妹を抱えて懸命に暮らしている。

文七に長兵衛を殺させてはならない……。

半兵衛は、文七の家を見詰めた。

二

文七の家は静かだった。

「さあて、どうしますかね」

半次は、半兵衛の指図を仰いだ。

「うん。博奕打ちの貸元の五郎八と香具師の元締の長兵衛の間にどんな揉め事があり、五郎八が何故、長兵衛の命を狙うのかは、由松が探って来るだろう。私たちは文七がどうして長兵衛殺しを引き受けたのかを突き止める」

半兵衛は決めた。

「文七と五郎八の間にあるものですか……」

半次は眉をひそめた。

「うむ。半次は文七を見張ってくれ」

「はい……」

「私は音次郎と五郎八を探ってみるよ」

「はい」

「半次、文七を人殺しにしてはならない。どんな手を使ってでもね」

半兵衛は、厳しい面持ちで告げた。

「承知をしております」

半次は、半兵衛の腹の内を読んでおり、小さな笑みを浮かべた。

「じゃあ頼んだ」

半兵衛は、音次郎を従えて浅草山之宿に向かった。

半次は、文七の家を見張った。


神田明神の境内には、多くの参拝客が行き交っていた。そして、参道の左右には様々な露店が並んでいた。

「さあさあ寄ったり見たり、吹いたり、玉や玉や、吹き玉やだよ」

由松は、売り声をあげてはしゃぼん玉を吹いた。

しゃぼん玉は七色に輝きながら飛んだ。

子供たちは、歓声をあげてしゃぼん玉を追った。

「由松の兄貴……」

羅宇屋《らうや》の仁吉《にきち》が、売り物の竹や道具を入れた簞笥《たんす》を背負ってやって来た。

〝羅宇〟とは煙管《きせる》の雁首《がんくび》と吸い口を繋ぐ竹の事であり、〝羅宇屋〟は羅宇を取り替えたり、脂《やに》を取るのが仕事だった。

「やあ、仁吉……」

「元締の処にあっしを訪ねて来たとか……」

「ああ。ちょいと訊きたい事があってな」

「何ですかい……」

仁吉は、かつて質の悪い浪人に半殺しにされている処を由松に助けられた事があった。

それ以来、仁吉は由松を慕っていた。

「うん。元黒門町の長兵衛の元締、誰かと揉めているのかい……」

「えっ……」

仁吉は、微かな困惑を過ぎらせた。

「店にいた連中、何だかぴりぴりしていたからな」

由松は苦笑した。

「そうでしたか。実は、浅草の博奕打ちの貸元が、大店の若旦那に質の悪い如何様博奕を仕掛けましてね。大店の御隠居が元締に泣き付いて。それで元締が博奕打ちの貸元に話をつけた。ま、話をつけたと云うか、脅したと云うか……」

「脅した……」

「ええ。大店の若旦那から手を引かなければ、賭場に毎晩、息の掛かった香具師を何十人も遊びに行かせると……」

「息の掛かった香具師を何十人か……」

由松は眉をひそめた。

「ええ。毎晩、何十人もそんな香具師に遊びに来られちゃあ、如何様も満足に出来ず、客も減り、賭場は直ぐに潰れちまいます。博奕打ちの貸元としては、大店の若旦那から手を引き、長兵衛の元締に詫びを入れて事を納めるしかなかった……」

仁吉は笑った。

「だが、そいつは表向きで、博奕打ちの貸元は長兵衛を恨み、命を狙い始めたって処か……」

由松は読んだ。

「ええ。それで、長兵衛の元締も護《まも》りを固めさせているんですよ」

仁吉は告げた。

「そう云う事か……」

「ええ……」

「で、仁吉、浅草の博奕打ちの貸元ってのは、誰なんだい」

「山之宿の五郎八って貸元ですよ」

仁吉は声を潜めた。

「ああ。山之宿の五郎八か……」

由松は、博奕打ちの貸元、山之宿の五郎八の名前と噂は聞いていた。

「御存知ですかい……」

「ああ。外道だって噂だけをな」

由松は笑った。

浅草山之宿町の貸元の五郎八の店は、丸に五の字の大書された腰高障子を開け放ち、提灯《ちょうちん》の飾られた土間には二人の三下奴がいた。

半兵衛と音次郎は物陰に潜んだ。

「山之宿の五郎八か……」

半兵衛は、五郎八の店を見詰めた。

「はい。今はどうか分かりませんが、昔、賭場は橋場《はしば》と入谷《いりや》にありました」

音次郎は告げた。

「寺か……」

「はい」

「で、五郎八の処の博奕打ちや三下奴に昔馴染《むかしなじみ》はいないのか……」

文七が長兵衛殺しを引き受けた理由を知っている者……。

半兵衛は、知っている者を捜しに来たのだ。

「さあ、未だいるかどうか……」

音次郎は首を捻った。

「そうか……」

「ま、ちょいと覗いて来ますよ」

「うむ。気を付けてな」

「はい……」

音次郎は、軽い足取りで五郎八の店に駆け寄って行った。

半兵衛は見送った。

「邪魔するぜ……」

音次郎は、五郎八の店の土間に入った。

「これは、どちらさんで……」

二人の三下奴は、値踏みするように音次郎を見た。

「うん。清吉《せいきち》の兄い、いるかな……」

音次郎は、かつて五郎八の賭場で知り合った博奕打ちの名前を告げた。

「清吉の兄い……」

三下奴は眉をひそめた。

「ああ。いるか……」

「清吉の兄いなら、旅に出ていますぜ」

「そうか。じゃあ、いないか……」

音次郎は、五郎八の店の奥を窺った。

店の奥は妙に静かだった。

「あの、お前さんは……」

三下奴は、音次郎を見据えた。

「邪魔したな」

音次郎は、誤魔化《ごまか》すように笑って五郎八の店の土間を出た。


半兵衛は、出て来た音次郎を見守った。

音次郎は、半兵衛に小さく笑い掛けて隅田川に向かった。

一人の三下奴が現れ、音次郎を追った。

半兵衛は苦笑し、音次郎の向かった隅田川に急いだ。


隅田川沿いの道に行き交う人は少なかった。

音次郎は、隅田川沿いの道を進んだ。

三下奴は尾行た。

音次郎は、立ち止まって振り返った。

三下に隠れる間はなく、立ち竦《すく》んだ。

音次郎は笑った。

三下は、咄嗟《とっさ》に逃げようとした。

刹那、半兵衛が現れて三下を捕り押さえた。

三下は驚き、抗《あらが》った。

「大人しくしな……」

半兵衛は、三下奴の腕を捻《ねじ》りあげた。

三下奴は跪《ひざまず》き、苦痛に呻《うめ》いた。

「名前は……」

半兵衛は、腕を捻りあげながら尋ねた。

「へ、平吉《へいきち》……」

三下奴は、激痛に顔を歪《ゆが》めて名乗った。

「平吉、文七は何故、香具師の元締の元黒門町の長兵衛の命を付け狙っているのだ」

半兵衛は訊いた。

「し、知らねえ……」

平吉は呻いた。

「平吉、お前も叩けば、埃《ほこり》の一つや二つは舞いあがる筈だ。大番屋《おおばんや》に叩き込んでも良いが、訊く事に正直に答えてくれたら、この場限りでお前の事は忘れるよ」

半兵衛は笑い掛けた。

「ほ、本当ですか……」

平吉は、半兵衛に縋る眼を向けた。

「ああ。約束する」

半兵衛は笑い、平吉の腕を放した。

「へい……」

「で、文七に香具師の元締の元黒門町の長兵衛を殺せと命じたのは貸元の五郎八だね」

半兵衛は、平吉を見据えた。

「へい……」

「文七、殺せと命じられるような弱味でもあったのかな……」

半兵衛は読んだ。

「へい。文七の兄貴は、病のお袋さんの薬代十両を貸元に借りていて、貸元はそいつを耳を揃えて返せと……」

「それで、返せないなら長兵衛を殺せと命じたのか……」

半兵衛は、文七の弱味を知った。

「へい。さもなきゃあ、妹を岡場所に叩き売ると……」

平吉は、申し訳なさそうに告げた。

「妹を……」

半兵衛は眉をひそめた。

「ええ……」

平吉は頷いた。

「五郎八、汚ねえ真似をしやがる」

音次郎は吐き棄《す》てた。

「すみません……」

平吉は、思わず自分の事のように謝った。

「旦那、借金を返せなかったら、長兵衛を殺すか、妹を岡場所に売るかだなんて……」

「うむ。文七、長兵衛殺しを引き受けるしかないか……」

半兵衛は、文七が長兵衛殺しを引き受けた理由を知り、同情した。

「ええ。五郎八の野郎……」

音次郎は、熱《いき》り立った。

「で、平吉、五郎八は香具師の元締の長兵衛にどんな恨みがあるのだ……」

「さあ、そいつは詳しく分かりませんが、五郎八の貸元、長兵衛に脅かされて尻《しっ》尾《ぽ》を巻いたって専《もっぱ》らの噂ですよ」

「脅かされて尻尾を巻いたか……」

「へい……」

「五郎八の奴、己が脅された恨み、文七の弱味を握って晴らそうって魂胆か……」

半兵衛は、弱味を握られて人殺しを命じられた文七を哀れんだ。

浅草阿部川町の古い長屋には、物売りの声が長閑《のどか》に響いていた。

文七が、おゆきに見送られて奥の家から出て来た。

半次は見守った。

文七は、おゆきに何事かを告げて古い長屋から出て行った。

おゆきは見送り、家に戻った。

半次は、文七を尾行た。

文七は、浅草阿部川町を出て三味線堀《しゃみせんぼり》の大名旗本屋敷街に進んだ。

三味線堀から御徒町《おかちまち》の組屋敷街を抜け、下谷広小路に出て元黒門町に行く……。

半次は、文七が香具師の元締の長兵衛の家に行くと睨んだ。

下谷広小路は賑わっていた。

文七は元黒門町に進み、香具師の元締の長兵衛の家の前で立ち止まった。そして、長兵衛の家を窺った。

長兵衛の家から人の出て来る気配がした。

文七は、素早く物陰に身を隠した。

数人の男たちが、長兵衛の家から出掛けて行った。

文七は見送り、物陰から見張り始めた。

半次は、文七を見守った。

「半次の親分……」

由松が現れた。

「おう。由松、面倒を掛けるな」

半次は迎えた。

「いいえ。奴が五郎八の処の三下ですかい」

由松は、物陰にいる文七を示した。

「ああ。文七って云ってな……」

半次は、文七について由松に話した。

「へえ、病のお袋さんと妹を抱えているんですかい……」

由松は眉をひそめた。

「うん。それで半兵衛の旦那が文七を人殺しにしちゃあならないとね……」

半次は、半兵衛の出方を由松に教えた。

「知らん顔の旦那らしいや……」

由松は微笑んだ。

「で、由松、五郎八と長兵衛の揉め事が何か分かったか……」

「ええ……」

由松は頷き、五郎八と長兵衛の間に起きた揉め事を教えた。

「へえ。息の掛かった香具師を何十人も賭場に送り込まれちゃあ堪《たま》らないな」

半次は苦笑した。

「ええ。五郎八、表向きは詫びを入れ、大店の若旦那から手を引いたのですが……」

「裏で長兵衛を殺して恨みを晴らそうって魂胆か……」

「ええ。所詮《しよせん》、外道の博奕打ち、義理も人情もなけりゃあ、道義もありませんぜ」

由松は嘲笑《ちようしよう》した。

「まったくだな……」

半次は、物陰に潜んでいる文七を窺った。

文七は、緊張した面持ちで長兵衛の家を見詰めていた。

僅かな刻が流れた。

長兵衛の家から若い衆や浪人が現れ、険《けわ》しい眼差しで辺りを見廻した。

文七は身を潜めた。

「長兵衛が出掛けるようだ」

半次は読んだ。

「ええ……」

　由松は頷いた。

　長兵衛は、派手な半纏を着た男たちと浪人を従えて家から出て来た。そして、見送る若い衆に声を掛けて下谷広小路に向かった。

　派手な半纏を着た男と浪人は、長兵衛を取り囲んで護るように進んだ。

　文七は、長兵衛を尾行た。

「親分……」

「ああ……」

　半次と由松は、文七を追った。

　長兵衛は、派手な半纏を着た男たちと浪人に護られて下谷広小路を進んだ。

　文七は、長兵衛の後ろ姿を睨み付け、緊張した面持ちで尾行た。

　半次と由松は、文七との距離を詰めた。

　長兵衛は、派手な半纏の男たちと浪人に護られて下谷広小路を抜け、寛永寺横の山下《やました》に入った。

　派手な半纏の男たちと浪人は、下谷広小路の雑踏を抜けて微かな安堵を滲ませた。

文七は、懐に手を入れて足取りを速めた。

拙《まず》い……。

半次の勘が囁いた。

此のまま文七が匕首《あいくち》で長兵衛を襲った処で、その前に派手な半纏の男たちや浪人に殺されるだけだ。

半次は焦った。

文七は喉《のど》を引《ひ》き攣《つ》らせ、長兵衛に突進しようとした。

「文七……」

半次は、咄嗟に叫んだ。

文七は、驚いて立ち竦んだ。

長兵衛と派手な半纏の男たちや浪人も立ち止まり、振り返った。

文七は凍て付いた。

「文七……」

半次は、文七に呼び掛けた。

文七は後退《あとずさ》りした。

派手な半纏の男たちは長兵衛を護り、浪人が文七に駆け寄ろうとした。

刹那、文七は身を翻《ひるがえ》して逃げた。

半次は、物陰にいる由松を見た。

由松は頷いた。

半次は、文七を追った。

浪人は、続いて追い掛けようとした。

「秀之進《ひでのしん》さん……」

長兵衛が、浪人を呼んだ。

秀之進と呼ばれた浪人は、長兵衛と派手な半纏の男たちの許に戻った。

「元締、今の野郎、おそらく……」

「ああ。外道の五郎八の処の三下だ……」

長兵衛は、文七が五郎八の指示で自分を殺しに来たのだと気が付き、皺の中にある細い眼に怒りを溢れさせた。

由松は、物陰から見張った。

不忍池は煌めいていた。

文七は、不忍池の畔《ほとり》の木陰に隠れるように崩れ込んだ。そして、激しく乱れた息を両手をついて全身で整えた。

半次は見守った。

殺しも殺されもせず、良かった……。

半次は、文七が無事に逃げたのを喜んだ。

だが、気になるのは、文七がこれからどうするかだ。

長兵衛の命を狙い続けるのか、五郎八の眼の届かない処に逃げるのか……。

しかし、病の母親と妹を抱えて逃げるのは容易な事ではない。

どうする……。

半次は、懸命に息を整える文七を見守った。

魚が跳ねたのか、不忍池の水面《みなも》に波紋が広がった。

浅草橋場町の家並《やな》みに明かりが灯り始めた。

半兵衛と音次郎は、橋場町の奥にある正慶寺《しょうけいじ》を訪れた。

正慶寺は古い小さな寺であり、境内の掃除は行き届いていなかった。

「正慶寺か……」

半兵衛は、古びて墨の薄れた扁額《へんがく》を読んだ。

「ええ。住職が酒浸《さけびた》りで檀家《だんか》は勿論《もちろん》、寺男にも逃げられましてね。金欲しさに五郎八に家作《かさく》を賭場に貸しているんです」

音次郎は、半兵衛を正慶寺の裏手に誘った。


正慶寺の裏門には、五郎八の処の平吉たち三下奴が博奕の客を迎えていた。

半兵衛と音次郎は物陰に潜んだ。

提灯の火を揺らし、数人の男がやって来た。

半兵衛と音次郎は見守った。

数人の男たちの中には、羽織を着た肥った初老の男がいた。

「あの肥ったのが五郎八です……」

音次郎は、肥った初老の男を示した。

「山之宿の五郎八か……」

半兵衛は、肥った山之宿の五郎八を冷たく見据えた。

山之宿の五郎八は、正慶寺の裏門を潜って家作の賭場に入って行った。

三

「五郎八か……」

半兵衛は、冷たく見送った。

「はい……」

「さあて、どうするか……」

文七を長兵衛殺しにさせない為には、命じた五郎八をお縄にするのが一番だ。

だが、お縄にするにはそれなりの理由がいる。

叩けば埃が舞い上がる……。

お縄にして大番屋に叩き込み、責めあげれば罪科《つみとが》は必ず見付かる。しかし、それはいつは最後の手段だ。

今は様子を見るしかない……。

半兵衛は、暫く様子を見る事にした。

「旦那……」

音次郎が、橋場町に続く道を示した。

五人の男たちがやって来た。

半兵衛と音次郎は見守った。

五人の男たちは、裏門を潜って家作の賭場に入って行った。

「随分、繁盛していますね」

音次郎は感心した。

「ああ……」

半兵衛は苦笑した。

再び五人の男たちがやって来て、賭場に入って行った。

半兵衛は、微かな違和感を覚えた。

二度に亘《わた》って賭場に入って行った男たちは、職人やお店者などの素人《しろうと》でもなく、博奕打ちや渡世人たち玄人《くろうと》でもない。

得体の知れぬ連中……。

半兵衛は眉をひそめた。

男が一人、足早にやって来た。

「旦那、由松さんです」

音次郎は、やって来た男を由松だと見定めた。

「呼んで来てくれ……」

「はい……」

音次郎は、暗がり伝いに由松に走った。

由松は、得体の知れない連中を追って来たのかもしれない。

半兵衛の勘が囁いた。

「半兵衛の旦那……」

由松が、音次郎に誘われて半兵衛の許にやって来た。

「おう。ひょっとしたら得体の知れない連中を追って来たのかな」

半兵衛は訊いた。

「はい。奴らは後五人程来ますぜ」

「今迄の十人に後五人か。どんな素性の連中なのだ」

半兵衛は眉をひそめた。

「元黒門町の長兵衛の息の掛かった香具師たちですよ」

由松は苦笑した。

「香具師……」

半兵衛は戸惑った。そして、得体の知れない理由に納得した。

「香具師が十五人ですか……」

音次郎は驚いた。

五人の男がやって来て、裏門から賭場に入って行った。

此で十五人……。

半兵衛、由松、音次郎は見届けた。

「諸国の祭礼を巡り歩いている香具師か……」

半兵衛は、厳しさを浮かべた。

「ええ……」

「道理で得体が知れぬ訳だな」

半兵衛は苦笑した。

「はい……」

「それで由松、長兵衛と五郎八の揉め事ってのが何か分かったか……」

「はい……」

由松は、羅宇屋の仁吉に聞いた長兵衛と五郎八の揉め事を話した。

「それで、五郎八が恨みに思い、長兵衛の命を狙ったか……」

半兵衛は読んだ。

「おそらく。で、昼間、文七が長兵衛を襲おうとしましてね」

「文七が……」

半兵衛は、不安を過ぎらせた。

「はい。でも、半次の親分が咄嗟に止め、逃げた文七を追って行きました」

「そうか……」

半兵衛は安堵した。

「それから長兵衛、車坂町《くるまざかちよう》にある木賃宿《きちんやど》に行きましてね。木賃宿と云っても長兵衛の持ち物でして、諸国から江戸に来た香具師を泊めているんですが、そこにいた香具師たちがこうして此処に……」

「長兵衛が小遣を渡し、五郎八の賭場に行けと命じたのか……」

半兵衛は読んだ。

「きっと。で、何をする気か……」

由松は、面白そうに正慶寺の家作を眺めた。

お店の旦那と職人らしき客たちが、怯えた面持ちで裏門から出て来て足早に帰った。

「旦那……」

音次郎は眉をひそめた。

「ああ。長兵衛の息の掛かった香具師が十五人だ。素人の客には異様な感じだろう。よし、賭場に入ってみよう」

半兵衛は羽織を脱ぎ、裏門にいる三下奴の平吉に近寄った。

由松と音次郎が続いた。

賭場は、異様な気配に満ちていた。

半兵衛、由松、音次郎は、酒や茶の用意された次の間に入った。

盆茣蓙《ぼんござ》は、長兵衛の息の掛かった香具師たちに取り囲まれていた。そして、盆茣蓙から溢れた香具師たちは、酒を片手に賑やかに見物していた。

胴元の座にいる五郎八は、険しさと緊張に肥った身体を強張らせていた。

壺《つぼ》振りが壺を振った。

「丁……」

香具師の頭分《かしらぶん》の男が丁に駒を一枚張った。

「丁……」

残る香具師たちは、頭分に続いて揃って丁に駒を一枚張った。

「みんなが丁じゃあ、勝負にならねえ……」

五郎八は、腹立たしげに呻いた。

「じゃあ胴元、お前さんが半に賭けて受ければ良いじゃあねえかい」

頭分の男は嘲笑した。

「そうだ、そうだ……」

香具師たちは、賑やかに囃《はや》し立てて笑った。

「手前ら……」

五郎八の傍にいた博奕打ちが、熱《いき》り立った。

「ほう。山之宿の賭場は、好きなように駒を張る客を脅すのかい……」

頭分の男は、薄笑いを浮かべて凄んだ。

「よし、分かった。此の勝負、俺が受けた」

五郎八は、悔しげに告げた。

「おう。出来たぜ」

頭分の男は笑い、壺振りを促した。

壺振りは、壺を開けようとした。

「如何様はなしだぜ」

頭分の男は、壺振りを見据えた。

一瞬、壺振りは躊躇《ためら》った。躊躇いながらも壺を開けた。

「二六の丁……」

壺振りは告げた。

丁に駒を張った香具師たちは勝ち、楽しげな歓声をあげて笑った。

壺振りたち博奕打ちは、悔しさと怒りに満ち溢れた。

五郎八は、悔しさと怒りの他に恐ろしさを覚えていた。

半兵衛は、茶を飲みながら見守った。

「旦那……」

由松は眉をひそめた。

「うん。長兵衛は、命を狙われた仕返しに此《こ》の賭場を潰すつもりだ」

半兵衛は読んだ。

「ええ。どうします……」

由松は、半兵衛の出方を窺った。

「賭場は潰れた方が良いが、此奴《こいつ》が文七の長兵衛殺し失敗の所為《せい》だと、五郎八が気付くのに刻は掛からない……」

「じゃあ、五郎八は文七の首を長兵衛に差し出して詫びを入れますか……」

由松は読んだ。

「ああ、外道のやる事だ。そんな処だな」

五郎八は、文七を捕えようとする筈だ。もし、捕えられない時は、妹を押さえて誘《おび》き出すだろう。

半兵衛は睨んだ。

「よし。音次郎、浅草阿部川町の文七の長屋に急げ……」

「文七の長屋に……」

「うむ。で、半次がいたら此の事を話し、文七と妹、それから母親を安心出来る処に匿《かくま》うのだ。もし、半次と文七がいない時は、妹と母親だけでもな……」

半兵衛は指示した。

「承知しました。じゃあ……」

音次郎は頷き、次の間から出て行った。

「さあて、こっちはどうします」

由松は、五郎八と香具師の遣り取りを面白そうに見ながら訊いた。

「成行き次第だ……」

半兵衛は笑った。

客たちは既に帰り、香具師たちが賑やかに盆茣蓙を囲んでいた。

「お客さん、もう御開《おひらき》だ」

五郎八は肥った身体を揺らし、腹立たしげに香具師たちに告げた。

「冗談じゃあねえ、貸元。俺たち相手に賭場は開けないってのかい……」

香具師の頭分の男は、五郎八に向かって凄《すご》んだ。

「何だと……」

博奕打ちたちは熱り立った。

香具師たちが立ち上がった。

「やるか、馬鹿野郎……」

「何だと三下……」

博奕打ちたちと香具師たちは、及び腰で罵《のの》しり合って睨み合った。

「旦那……」

由松は嘲笑した。

「うん。所詮は口先だけだ……」

半兵衛は苦笑し、睨み合う博奕打ちと香具師の間に一升徳利《いっしょうどっくり》を放り込んだ。

一升徳利は盆茣蓙の上に落ち、大きな音を立てて砕け、酒を撒き散らした。
博奕打ちたちと香具師たちは、驚き怯《ひる》んだ。
刹那《せつな》、半兵衛と由松は次の間の明かりを素早く消した。
博奕打ちたちと香具師たちの驚きと怯みは、恐怖に変わった。
五郎八は、慌てて賭場を出た。
「待ちやがれ……」
香具師の頭分の男が怒鳴った。
博奕打ちの一人が雄叫《おたけ》びをあげ、香具師の頭分の男に殴り掛かった。
香具師の頭分の男は、殴り掛かった博奕打ちを蹴り飛ばした。
博奕打ちたちと香具師たちは激突した。
何本もの燭台《しよくだい》が倒れて火は消え、賭場は暗闇になった。
匕首や長脇差《ながわきざし》が煌めき、壁や床が激しく音を立てて揺れ、怒号と悲鳴があがった。
半兵衛と由松は、裏門から出た。
「これで此の賭場も終わりですね」

「うむ。五郎八も香具師の元締を相手に下手な真似をしたものだ」

半兵衛は笑った。

山之宿の五郎八は、香具師の元締である元黒門町の長兵衛の怒りを買い、賭場の一つを潰された。

家作の賭場からは、物音と共に怒号と悲鳴が洩れていた。


神田川の流れに映える月影は、通り過ぎて行く猪牙舟《ちよきぶね》に砕け散った。

柳原《やなぎわら》の通りは神田川沿いにあり、途中に柳森稲荷《やなぎもりいなり》があった。

柳森稲荷の前には、安酒を飲ませる夜鳴蕎麦《よなきそば》の屋台が出ていた。

文七は、夜鳴蕎麦の屋台で蕎麦を食べずに安酒を飲み続けていた。

半次は見守った。

香具師の元締の長兵衛を襲い損ねた文七は、思い詰めた面持ちで町を彷徨《うろつ》き、日暮れと共に柳森稲荷に来た。そして、出ていた夜鳴蕎麦の屋台で安酒を飲み始めた。

文七は、一人で安酒を飲み続けた。

長兵衛を殺せないのを悔《くや》んでいるのか、それとも殺す手立てを考えているのか……。

見定めるしかない。

半次は、夜鳴蕎麦の屋台に行って酒を注文した。そして、安酒の満たされた湯《ゆ》呑茶碗《のみぢゃわん》を手にして文七がいる縁台に腰掛けた。

文七は、驚いたように半次を見た。

「やあ……」

半次は笑い掛け、湯呑茶碗の安酒を飲んだ。

「は、はあ……」

文七は、安心したように眼を逸《そ》らして酒を飲んだ。

半次は、酒を飲みながらそれとなく文七の横顔を窺った。

文七の眼尻には、涙を拭った跡があった。

酒を飲みながら泣いていたのか……。

半次は眉をひそめた。

神田川から櫓《ろ》の軋《きし》みが甲高《かんだか》く響いた。

文七は驚き、思わず腰を浮かした。しかし、櫓の軋みだと気が付き、吐息《といき》を洩らして縁台に腰掛け直した。

怯えている……。

半次は、文七の胸の内を読んだ。

山之宿の五郎八の家は明かりを灯し、戸口に見張りを立てていた。

「五郎八の野郎、長兵衛の殴り込みを警戒していやがる」

由松は眉をひそめた。

「おそらくな。だが、香具師の元締の長兵衛は一筋縄でいく奴じゃあない」

半兵衛は笑った。

二人の博奕打ちが五郎八の家から現れ、足早に下谷に向かった。

「奴ら、文七を捜しに行ったんじゃあ……」

由松は読んだ。

「うむ。由松、此処を頼む。私は奴らを追ってみる」

「承知……」

由松は頷いた。

半兵衛は、二人の博奕打ちを追った。

柳森稲荷前の夜鳴蕎麦の屋台の縁台では、文七が空になった湯呑茶碗を持ったまま酔い潰れた。

「おい、兄い。しっかりしな……」

半次は声を掛けた。

だが、文七に眼を覚ます気配はなかった。

「酔い潰れましたか……」

夜鳴蕎麦屋の親父が、屋台の後ろから出て来た。

「ああ……」

「どんな辛い事があるのか、泣きながら酒を飲んでいましてね。好きなだけ飲ませてやりましたよ」

親父は、文七を哀れんだ。

「そうか……」

半次は、酔い潰れている文七を見守った。

文七は、追い詰められていく自分を酒に酔って忘れるしかないのかもしれない。

半次は、文七の哀しさを読んだ。

浅草阿部川町の古い長屋は暗かった。
連なる家々は、既に明かりを消して寝静まっていた。
二人の博奕打ちは、古い長屋を窺って奥にある文七の家に進んだ。
追って現れた半兵衛は、長屋の木戸の陰に入った。
音次郎はいなかった。
文七、妹のおゆき、病の母親を既に安心出来る処に匿ったのか……。
もし、そうならば半次も一緒なのか……。
半兵衛は想いを巡らせた。
二人の博奕打ちは、文七の家の腰高障子を抉開《こじあ》けて踏み込んだ。
よし、此迄だ……。
半兵衛は、木戸の陰から出て文七の家に向かった。
二人の博奕打ちが、文七の家から出て来た。
「文七に用か……」
半兵衛は、二人の博奕打ちの前に立ちはだかった。
二人の博奕打ちは怯んだ。

「五郎八に命じられて来たのだな」

半兵衛は笑い掛けた。

「煩《うる》せえ……」

二人の博奕打ちは、匕首を抜いて半兵衛に突き掛かった。

半兵衛は、十手を唸らせた。

二人の博奕打ちは、厳しく打ち据えられて蹲《うずくま》った。

一軒の家の腰高障子が僅かに開き、住人の男が覗いていた。

「やあ。騒がしてすまないね。私は北町の臨時廻《りんじまわ》りだ。ちょいと木戸番を呼んで来てくれないかな」

「へい。合点《がってん》だ」

住人の男は、下帯《したおび》一本に半纏を羽織って駆け出して行った。

半兵衛は、蹲って呻《うめ》いている二人の博奕打ちに縄を打った。

四

神田川に架かる柳橋の北詰に船宿『笹舟』はあり、両国広小路に続く南詰には弥平次の手先を務めている長八《ちょうはち》の営む蕎麦屋『藪十《やぶじゅう》』がある。

蕎麦屋『藪十』には、小さな明かりが灯されていた。

半次は、酔い潰れている文七を背負って蕎麦屋『藪十』の裏口の戸を小さく叩いた。

「おう。誰だい……」

中から長八の声がした。

「夜分遅くすいません。長八さん、本湊の半次です」

半次は告げた。

「おう。半次の親分か……」

長八は、裏口の戸を開けた。

「すいません……」

半次は詫びた。

長八は、半次が背負っている文七に気が付き、入るように目配せをした。

「はい……」

半次は、文七を背負って裏口から『藪十』に入った。

長八は、追って来る者がいないのを見定めて裏口の戸を閉めた。

蕎麦屋『藪十』の板場には三畳の板の間があり、長八は居間代わりに使っていた。

「そこに寝かせな……」

長八は、半次を促した。

「はい……」

半次は、文七を背中から板の間に下ろした。

文七は、酔い潰れたままだった。

「怪我でもしているのかい……」

「いいえ。酔い潰れているだけです」

「酔い潰れている……」

長八は、白髪の交じり始めた眉をひそめた。

「ええ。で、今夜と明日、匿っちゃあくれませんか……」

「何をしたんだ……」

「香具師の元締、元黒門町の長兵衛の命を狙いましてね」

「元黒門町の長兵衛の命……」

長八は、弥平次の古くからの手先らしく長兵衛を知っていた。

「ええ。此奴は山之宿の五郎八って貸元の三下奴で、文七って云いましてね……」

半次は、文七が長兵衛の命を狙う経緯を長八に話して聞かせた。

「そうか、山之宿の五郎八におっ母さんの薬代を借りたのが運の尽きか。気の毒に……」

長八は、酔い潰れている文七に同情の眼を向けた。

「で、半兵衛の旦那、文七を人殺しにしたくない。かと云って、殺さなければ五郎八に妹を岡場所に売られてしまう……」

半次は眉をひそめた。

「うん。それで知らん顔の旦那はどうするつもりだい」

長八は尋ねた。

「そいつは未だ分かりませんが、五郎八をお縄にするしかないかと……」

「よし、分かった。文七を匿うぜ。その代り、馬鹿な真似をしねえように良く云い聞かせるんだぜ」

「はい。助かります……」

半次は、長八に深々と頭を下げた。

文七は鼾《いびき》を掻き始めた。

半次と長八は、酔い潰れて眠る文七を哀れんだ。

廻り髪結の房吉が日髪日剃を終えて帰っても、半次と音次郎は半兵衛の組屋敷に現れなかった。

半次は文七を……。

音次郎は病の母親と妹のおゆきを……。

それぞれ安心出来る処に匿っている筈だ。

半兵衛は、北町奉行所に出仕する仕度を急いだ。

「旦那……」

半次が現れた。

「おう。由松に聞いたが、文七はどうした……」

「はい。長兵衛を襲えず、逃げた後は町を彷徨き、柳森稲荷の屋台で安酒に酔い潰れ、今は長八さんの藪十に……」

「担ぎ込んだのか……」

「はい。そして、匿って貰っています」

「よし。長八の店に急ごう」

半兵衛は、半次を促した。


蕎麦屋『藪十』の店内には、出汁《だし》の香りが漂っていた。

「邪魔をする……」

半兵衛と半次がやって来た。

板場から長八が顔を出した。

「こりゃあ、知らん顔の旦那、お久し振りです……」

長八は、半兵衛を迎えた。

「やあ。長八、達者で何より。今度は面倒を掛けるね」

「いいえ。昨夜から寝っ放しですぜ」

長八は、板場を示した。

「うん……」

半兵衛と半次は、板場に入った。

板場の三畳の板の間には、文七が長八の半纏を掛けて眠っていた。

「半次、水を掛けろ」

半兵衛は命じた。

「はい……」

半次は、水甕《みずがめ》から汲んだ水を眠っている文七の顔に掛けた。

文七は、ずぶ濡れになって眼を覚まし、身構えた。

「大人しくしな、文七……」

半兵衛は、文七を厳しく見据えた。

文七は思わず震えた。

水飛沫が煌めいた。

「私は北町奉行所の白縫半兵衛。こっちは岡っ引の半次。それからお前を匿ってくれている此の家の主の長八だよ」

「は、はい……」

文七は、己がどうして蕎麦屋にいるのかも分からず、震えながら頭を下げた。

「お前は博奕打ちの貸元山之宿の五郎八に病の母親に薬代の十両を借り、返せないなら香具師の元締の長兵衛を殺せと命じられた。嫌だと云うなら、借金の形《かた》に妹のおゆきを岡場所に売り飛ばすと脅されてな……」

半兵衛は、文七を見据えて告げた。

文七は、半兵衛が何もかも知っているのに気が付き、項垂《うなだ》れた。

「そうだね」

半兵衛は念を押した。

「は、はい……」

文七は頷いた。

「うむ。して文七、お前は長兵衛を付け狙って殺そうとした。だが、子分たちに護られた長兵衛に隙はなく、失敗し続けた……」

「旦那……」

「文七、長兵衛は五郎八が命を狙ったのを怒り、昨夜、橋場の賭場に大勢の香具師を送り込んで荒し、潰したよ」

「橋場の賭場を。じゃあ、五郎八の貸元……」

「ああ。二人の博奕打ちを病のおっ母さんと妹のおゆきのいる長屋に走らせた」

「長屋に……」

文七は顔色を変えた。

「うむ……」

半兵衛は頷いた。

「旦那、お願いです。お袋とおゆきを助けてやって下さい。お願いです」

文七は、土下座《どげざ》して半兵衛に頼んだ。

「文七……」

「仰《おっしゃ》る通り、あっしは五郎八の貸元に借金の形に長兵衛を殺せと命じられ、付け狙いました。お願いです。お袋とおゆきを助けて下さい。お願いです」

文七は、額を土間に擦《こす》り付けて頼んだ。

「心配するな、文七。お袋さんと妹は既に長屋を出て、安心出来る処にいる筈だ」

半兵衛は告げた。

「えっ……」

文七は戸惑った。

「半兵衛の旦那、半次の親分、さっき笹舟の勇次《ゆうじ》が来ましてね。昨日、弥平次の親分が音次郎に頼まれ、病の女の人と娘さんを預かったと云っていましたぜ」

長八は告げた。

「ほう。音次郎がね……」

半兵衛は苦笑した。

「きっと、若僧の自分だけじゃあ信じて貰えないと、弥平次の親分に一緒に行って貰ったのでしょう」

半次は読んだ。

「ああ。そうらしいぜ。音次郎も一人前だな」

長八は笑った。

「よし。文七、お袋さんと妹のおゆきに逢いに行くか……」

半兵衛は、文七に笑い掛けた。

「はい……」

文七は、嬉しげに顔を輝かせた。


船宿『笹舟』は、神田川に架かる柳橋を挟んだ北側にある。

半兵衛と半次は、文七を船宿『笹舟』に伴った。

文七の病の母親と妹の警護をしていた音次郎が、奥から飛び出して来た。

「旦那、親分……」

音次郎は、大任を果たした安堵を露《あら》わにした。

「おう。御苦労だった」

半次は労《ねぎら》った。

「はい。柳橋の親分や女将さん、お糸さんのお陰です」

音次郎は、弥平次や女将のおまき、お糸たちに感謝した。

弥平次は、文七の病の母親と妹に丁寧に説明して納得させた。そして、女将のおまきとお糸は、病の母親と妹のおゆきに行き届いた世話をしてくれた。

「うむ。造作《ぞうさ》を掛けたね、柳橋の、女将さん、此の通りだ」

半兵衛と半次は、弥平次おまき夫婦に礼を述べ、頭を下げた。

「いいえ。音次郎、若僧の自分だけじゃあ信用されねえから、一緒に来てくれと頼みに来ましてね。ちょいと手伝っただけですよ」

弥平次は笑った。

「さあ、おっ母さんとおゆきちゃんが心配していますよ」

おまきは、文七に告げた。

「はい……」

「よし。じゃあ……」

半兵衛は、音次郎に誘われて奥の座敷に向かった。

　半次が文七を伴った。

　文七は、病の母親と妹のおゆきに無事に再会出来た。

「文七、無事で良かった……」

　病の母親は泣いた。

「お袋、おゆき、すまねえ……」

　文七は、病の母親と妹に泣いて詫びた。

「兄ちゃん……」

　妹のおゆきは、文七の背に縋って泣いた。

　半兵衛、半次、音次郎は見守った。

「さあ、母子三人にしてあげましょう」

　付き添っていたお糸が、半兵衛、半次、音次郎を促した。

「うむ……」

　半兵衛、半次、音次郎は、お糸と共に座敷を出た。

　母子三人の泣き声は続いた。

「それで、どうします」

半次は、半兵衛の出方を窺った。

「うん。文七が何もかも認めた。博奕打ちの貸元、山之宿の五郎八をお縄にするよ」

半兵衛は告げた。

「はい……」

「半兵衛の旦那、宜しければお手伝いをしますぜ」

弥平次は笑った。

「ありがたい、助かるよ。山之宿の五郎八の家は、由松が見張ってくれている。此から行くよ」

半兵衛は決めた。

「じゃあ、あっしと音次郎が先に行きます。旦那は弥平次の親分と一緒に来て下さい」

半次は、音次郎を従えて浅草山之宿の五郎八の店に急いだ。

弥平次は、長八と托鉢坊主の雲海坊を船宿『笹舟』に呼んで万一の時に備えさせた。

「お待たせ致しました。じゃあ旦那、そろそろ行きますか……」

弥平次は、半兵衛を促した。

「うむ……」

半兵衛は、弥平次、下っ引の幸吉《こうきち》、手先の勇次を従えて浅草に向かった。

隅田川に架かる吾妻橋は浅草と本所《ほんじょ》を結んでおり、多くの人が忙しく行き交っていた。

浅草山之宿町は、吾妻橋の西詰の花川戸町の北隣にあり隅田川沿いに続いている。

博奕打ちの貸元五郎八の店は腰高障子を閉め、三下奴たちが警戒をしていた。

半次は、音次郎を店の裏手に廻し、由松と共に表を見張っていた。

「どうだ……」

半兵衛が、弥平次、幸吉、勇次と共にやって来た。

「はい。昨夜、出掛けて行った二人の博奕打ちが帰って来ないので、一段と護りを固めたようです」

由松は嘲笑《あざわら》った。

「あの二人は、文七の家に行ったので、お縄にして大番屋に叩き込んだよ」

「そうですか……」

「で、五郎八はいるんだな」

「はい。他に博奕打ちと三下奴が十人程……」

由松は頷き、人数を報せた。

「よし。幸吉、勇次、裏から踏み込んでくれ」

半兵衛は命じた。

「裏には音次郎がいるぜ」

半次は、幸吉と勇次に告げた。

「承知……」

幸吉と勇次は、五郎八の店の裏手に廻った。

半兵衛は、懐から十手を出して五郎八の店に向かった。

弥平次と半次は十手、由松は万力鎖《まんりきぐさり》を握り締めて続いた。

半兵衛は、腰高障子の前に立ち止まった。

「半次……」

半次が、腰高障子を勢い良く開けた。

博奕打ちが、長脇差を振り翳《かざ》して飛び出して来た。

半兵衛は、博奕打ちの長脇差を握る腕を取って投げ倒し、十手で右肩を鋭く打ち据えた。

骨の折れる音が鳴った。

博奕打ちは、激痛に悲鳴をあげて長脇差を落とし、のたうち廻った。

半兵衛は、土間に踏み込んだ。


土間には博奕打ちと平吉たち三下奴が喧嘩仕度で身構え、肥った五郎八が框《かまち》に据えた床几《しょうぎ》に腰掛けていた。

半兵衛は苦笑した。

半次と由松が、半兵衛の左右を固めた。

「北町奉行所だ。貸元の五郎八、お縄にしに来たよ。大人しくしな……」

半兵衛は笑い掛けた。

「な、何だと……」

五郎八は狼狽《うろた》え、喉を引き攣らせた。

音次郎、幸吉、勇次が奥から現れた。

博奕打ちたちと平吉たち三下奴は狼狽えた。

「いいか。大人しく立ち去れば見逃そう。だが、下手に邪魔すれば容赦《ようしゃ》はしない。選ぶのはお前たちだ……」

半兵衛は、博奕打ちたちと平吉たち三下奴を冷たく見廻した。

三下奴の平吉は、匕首を放り出して土間から外に逃げ出した。

他の三下奴と博奕打ちが、匕首や長脇差を投げ棄てて慌てて続いた。

五郎八と三人の博奕打ちが残った。

半兵衛、弥平次、半次、由松、幸吉、勇次、音次郎は、五郎八と三人の博奕打ちを取り囲んだ。

「残ったお前たちは、五郎八に義理立てして一緒にお縄になる覚悟だね」

半兵衛は念を押した
五郎八は、喉を引き攣らせて呻いた。

博奕打ちの一人が、絶望的な叫び声をあげて半兵衛に長脇差で斬り掛かった。

半兵衛は、長脇差を躱して十手を唸らせた。

斬り掛かった博奕打ちは、首筋を鋭く打ち据えられて昏倒《こんとう》した。

半次、幸吉、由松、勇次、音次郎が、残る二人の博奕打ちに襲い掛かった。

二人の博奕打ちは、匕首を振り廻して必死に抗った。

下手な情けは怪我の元、命取りだ。

半次、幸吉、由松、勇次、音次郎に容赦はなかった。

二人の博奕打ちは、匕首を叩き落とされて滅多打ちにされて倒れた。

五郎八は、逃げようとした。

弥平次が、素早く逃げ道を塞いだ。

逃げ道を失った五郎八は、その場にへたり込んだ。

「五郎八、お前も博奕打ちの貸元なら往生際《おうじょうぎわ》は良くするんだな」

弥平次は、厳しい面持ちで告げた。

「五郎八、お前が三下の文七に長兵衛を殺せと命じたのは分かっている。神妙にお縄を受けるんだね」

半兵衛は、五郎八を冷たく見据えた。

五郎八は項垂れ、肥った身体を小刻みに震わせた。

勇次と音次郎は、へたり込んで震えている五郎八に縄を打った。

「此迄だ……」

半兵衛は笑った。

上野元黒門町に住む香具師の元締長兵衛は、半兵衛の話を黙って聞き終えた。

「ま、そう云う訳だ……」

半兵衛は、長兵衛の反応を窺った。

「良く分かりましたよ。白縫の旦那……」

長兵衛は笑った。

「ならば長兵衛……」

「ええ。五郎八に云われてあっしの命を狙った三下には一切拘わるなと、若い者に触れを廻します」

長兵衛は、穏やかに頷いた。

「そうか。そいつはありがたい。此で病のお袋と妹を抱えた三下も真っ当に生きていける。礼を云うよ」

半兵衛は、長兵衛に頭を下げた。

「知らん顔の半兵衛の旦那ですか、お噂は聞いておりましたが……」

長兵衛は、親しげな笑みを浮かべた。

「長兵衛、世の中には私たち町方同心が知らん顔をした方が良い事もあってね……」

半兵衛は微笑んだ。

博奕打ちの貸元五郎八は死罪。最後迄抗った三人の博奕打ちは島流しの仕置《しおき》が下された。

文七は、病の母親と妹を抱えて真っ当に働き、江戸の片隅で暮らしている。

半兵衛は、今日も半次と音次郎を従えて江戸市中の見廻りを続けていた。

第三話　狐《きつね》の嫁入り

一

闇夜。

溜池《ためいけ》に怪《あや》し火《び》が浮かんだ。

怪し火は、一つ二つと数を増やして連なりとなり、溜池沿いの道を進んだ。

狐火……。

目撃した人々は、怪し火を狐火と見て、その連なりを狐の嫁入りだと恐ろしげに囁き合った。

臨時廻り同心の白縫半兵衛は、北町奉行所に出仕した。そして、岡っ引の本湊の半次と下っ引の音次郎を表門の脇の腰掛に待たせ、同心詰所に入った。

「おはよう……」

半兵衛は、同心詰所に顔を出して直ぐに見廻りに行くつもりだ。

「あっ、おはようございます、半兵衛さん」

当番同心は、目敏《めざと》く半兵衛を見付けた。

しまった……。

半兵衛は、見付かったのを悔んだ。

「やあ。なんだい……」

「大久保《おおくぼ》さまがお待ち兼ねです」

当番同心は、同情するかのような笑みを浮かべた。

面倒……。

半兵衛の勘が囁いた。

面倒が具体的に何かは分からない。しかし、北町奉行所吟味方与力《ぎんみかたよりき》大久保忠左衛門《ちゆうざえもん》の用件が面倒を伴っているのは間違いない。

「そうか、大久保さまがお待ち兼ねか……」

半兵衛は、吐息混じりに呟いた。

「お呼びにございますか……」

半兵衛は、忠左衛門の用部屋を訪れた。

「遅い。遅いぞ、半兵衛……」

忠左衛門は、書いていた書類の筆を止めて振り向いた。

「申し訳ございません。して、御用とは……」

此処《ここ》は徒《いたずら》に抗わず、用件を聞いてさっさと退散するのに限る……。

半兵衛は詫びた。

「うむ。それなのだが、半兵衛……」

忠左衛門は、筋張った細い首を伸ばして嬉しげに喉を鳴らした。

「は、はい……」

半兵衛は、忠左衛門の要件の後ろから面倒が顔を出したのに気付いた。

「実はな。赤坂田町《あかさかたまち》一丁目の薬種問屋《やくしゅどんや》宝寿堂《ほうじゅどう》の正右衛門《しょうえもん》が屋敷に秘かに参ってな」

忠左衛門は、秘密めかして囁いた。

「薬種問屋宝寿堂の正右衛門ですか……」

半兵衛は、初めて聞く名前だ。

「うむ。我が妻の遠縁の知り合いだ」

忠左衛門は頷いた。

「はあ……」

半兵衛が、忠左衛門の妻の遠縁の知り合いを知っている筈はない。

「で、その遠縁の知り合いの正右衛門がどうかしましたか……」

「うむ。一年前、若旦那の正吉《しょうきち》が手代を供に甲府《こうふ》の薬草屋に薬草の買い付けに行き、行方知れずになってな……」

「行方知れず……」

半兵衛は眉をひそめた。

「うむ。甲府の薬草屋が正吉と手代が来ないと報せて来て行方知れずが分かってな。それで、正右衛門は人を雇って人数を揃え、番頭に捜しに行かせたのだが……」

忠左衛門は、白髪眉をひそめた。

「若旦那たちは見付かりませんでしたか……」

半兵衛は読んだ。

「うむ。おそらく途中の山奥に迷い込んだのか、崖から落ちたのか。それとも盗賊にでも襲われて殺されたのか。何《いず》れにしろ正右衛門は、正吉は甲州街道《こうしゅうかいどう》の何処かで死んだと諦めたそうだ。そして、一年が過ぎた今月。十日前に若旦那の正吉が不意に帰って来たそうだ」

忠左衛門は、細い首を伸ばした。

「帰って来た……」

半兵衛は戸惑った。

「うむ……」

「お供の手代は……」

「いない……」

忠左衛門は、沈痛な面持ちで告げた。

「そうですか。じゃあ、若旦那の正吉は、一人で帰って来たのですか……」

「いや。そいつが手代の代わりに嫁を連れて帰って来た」

「嫁……」

半兵衛は驚いた。

「うむ。死んだと諦めていた若旦那の正吉は、嫁を連れて帰って来たのだ」

忠左衛門は、半兵衛を見据えた。

「嫁を連れて帰って来た……」

半兵衛は、思わず聞き返した。

「左様。若旦那の正吉と手代は勝沼《かつぬま》の崖から川に落ち、手代は流されたが、正吉は大怪我をしながらも岸辺に辿《たど》り着き、そこを土地の娘に助けられた。そして、娘に怪我の手当てをして貰い、養生をして……」

「情を交わして夫婦になりましたか……」

半兵衛は読んだ。

「うむ」

忠左衛門は、尤《もつと》もらしい顔で頷いた。

「それはそれは。ま、手代には気の毒ですが、若旦那が無事で、嫁を連れて戻ったのは良かったじゃありませんか。では……」

半兵衛は、退散しようと立ち上がった。

「待て、半兵衛。話は此からだ」

忠左衛門は、半兵衛の羽織の裾を摑んだ。

「えっ……」

半兵衛は戸惑った。

「旦那の正右衛門の話では、若旦那の正吉と嫁のおゆり、どうも様子がおかしいと云うのだ」

「様子がおかしいとは、仲が悪いとか、夫婦とは思えぬとかですか……」

半兵衛は座り直した。

「いや。仲は良く、夫婦として此と云って不審な処はないのだが、何かしっくりしないと云うか、違和感を覚えると云うか……」

「気の所為《せい》ではないのですか……」

半兵衛は、何とか事を納めようとした。

「かもしれぬが。そこでだ半兵衛……」

忠左衛門は、楽しげな笑みを浮かべて膝を進めた。

逃げ切れない……。

半兵衛は、面白い話に乗ってしまう己のだらしのなさを悔んだ。

溜池は煌めいていた。

「へえ、死んだと思っていた若旦那が、一年後に嫁を連れて帰って来たんですか……」

半次は、半兵衛の話を聞いて驚いた。

「ああ……」

半兵衛は、半次と音次郎に忠左衛門から聞いた話をしながら汐見坂《しおみざか》から溜池沿いの道を進んだ。

「で、その若旦那の正吉と嫁のおゆりを調べるんですかい……」

「うむ。旦那の正右衛門が何かしっくりしないと感じ、大久保さまに相談してな。運悪く貧乏籤《びんぼうくじ》を引かされたよ」

半兵衛は苦笑した。

「旦那、その薬種問屋宝寿堂の正吉って若旦那が、おゆりって嫁を連れて帰って来たのは、いつですか……」

音次郎は尋ねた。

「十日前だそうだ……」

「十日前……」

音次郎は、煌めく溜池に眉をひそめた。

「十日前がどうかしたのか……」

「はい。十日前、此の溜池の辺りに狐の嫁入りが出たって噂がありましてね」

音次郎は、真顔で告げた。

「狐の嫁入り……」

半兵衛は眉をひそめた。

「はい。噂じゃあ、溜池の上に怪しい火の玉が浮かび、そいつが幾つも連なって赤坂の方に行ったそうです」

音次郎は、恐ろしそうに辺りを見廻した。

「ほう。そんな噂があるのか……」

「はい……」

「音次郎、その狐の嫁入りがあったのは、宝寿堂の若旦那が嫁を連れて帰って来た日なのだな」

半次は訊いた。

「はい。同じ十日前です」

音次郎は頷いた。

「で、狐の嫁入りは赤坂の方に行ったか……」

半兵衛は、眼を細めた行く手に見えて来た赤坂の町を眺めた。

「まさか、旦那……」

半次は、戸惑いを浮かべた。

「うん……」

半兵衛は苦笑した。

風が吹き抜け、溜池の水面に小波《さざなみ》が走った。


赤坂御門近くの赤坂田町一丁目に、薬種問屋『宝寿堂』はあった。

半兵衛、半次、音次郎は、薬種問屋『宝寿堂』を眺めた。

薬種問屋『宝寿堂』は老舗《しにせ》らしい店構えであり、御用達の金看板が掛けられていた。

「さあて、先ずは宝寿堂の評判を聞き込んでみますか……」

半次は告げた。

「うむ。私は自身番に行ってみるよ」

「分かりました。じゃあ……」

半次と音次郎は、半兵衛と別れて聞き込みに向かった。

半兵衛は、赤坂田町の自身番に向かった。

赤坂田町の自身番の番人は、半兵衛に茶を差し出した。

「どうぞ……」

「造作を掛けるね。戴くよ」

半兵衛は茶を啜った。

「それで白縫さま、薬種問屋の宝寿堂さんでございますか……」

家主は、町内名簿を捲《めく》った。

「うむ。主の正右衛門の家族は……」

半兵衛は尋ねた。

「はい。正右衛門さんの御内儀のおとみさんに若旦那の正吉と弟の正次《しょうじ》、妹のおまちの五人家族です」

家主は、間違いがないように町内名簿を見ながら告げた。

「五人家族か……」

「はい。白縫さま、宝寿堂さんが何か……」

家主は眉をひそめた。

「いや。ちょいとね。して若旦那の正吉、歳は幾つかな」

「ええと、二十一歳です」

「弟の正次は……」

「十五歳ですね」

「そうか。で、他には番頭たち奉公人か……」

「は、はい。あの白縫さま……」

家主は、云い難そうに半兵衛を見詰めた。

「なんだい……」

「実は、宝寿堂の若旦那ですが、一年前に薬草の買い付けで甲府に行って行方知れずになりましてね。死んだと諦めていたら、十日程前にひょっこりと帰って来たんです」

「そいつは目出度《めでた》い……」

半兵衛は笑った。

「はい。それも嫁を連れて……」

「ほう。嫁とはもっと目出度いが、さっき聞いた家族の中に嫁はいなかったようだが……」

半兵衛は惚《とぼ》けた。

「はい。未だ宝寿堂の正右衛門さんから届けがありませんでしてね。ですから

「そうか……」

薬種問屋『宝寿堂』正右衛門は、おゆりを若旦那の正吉の嫁として自身番に未だ届けてはいなかった。

そこには、正右衛門が抱いた何かしっくりしない違和感があるからなのかもしれない。

半兵衛は睨んだ。

「で、宝寿堂について他に何か聞いちゃあいないかな」

「宝寿堂さんについてですか……」

家主は、困惑を浮かべた。

「うむ……」

「別に何も……」

家主は首を捻った。

「そうか。処で若旦那の正吉、身体はもう大丈夫なのかな……」

「さあ、その辺の処は町医者の香川洪庵《かがわこうあん》さんに訊けば分かると思いますが……」

「町医者の香川洪庵か……」

半兵衛は、冷えた残り茶を飲んだ。

半次と音次郎は、薬種問屋『宝寿堂』に出入りしている米屋、酒屋、油屋などに聞き込みを掛けた。

「宝寿堂さんは、昔から値の張る珍しい薬をいろいろ扱っていましてね。奥医師の御用達から町医者迄、いろんなお医者が出入りしていて、そりゃあ繁盛していますよ」

米屋の番頭は、羨《うらや》ましげに告げた。

「そんなに繁盛しているのなら、いろいろと面倒な事もあるんでしょうね」

「面倒な事ですか……」

「ええ。身代を狙って旦那や若旦那に取り入ろうとする遊び人や博奕打ちなんかも多いのじゃありませんかね」

半次は、話を引き出そうとした。

「さあ、そんな話、今迄に聞いた事ありませんが……」

番頭は首を捻った。

「そうですか……」

半次は、薬種問屋『宝寿堂』の正右衛門たちが堅実で慎重な人柄だと知った。

「じゃあ番頭さん、今迄の奉公人に店の金を持ち出したり、薬を盗んで首になった者なんかはいませんか……」

音次郎は尋ねた。

「ああ。そんな奴なら昔いましたよ」

「そいつ、何て名前で、どんな悪さをしたんですかい……」

音次郎は身を乗り出した。

「さあ、何て名前でしたか忘れましたが、確か薬を横流しして小遣を稼いだって奴だったと思いますよ」

番頭は首を捻った。

「そうですか。親分……」

「うん……」

半次と音次郎は、薬種問屋『宝寿堂』に出入りしている酒屋に行く事にした。

「じゃあ、若旦那の正吉は身体はともかく、頭の中はきちんと元に戻っていないのだね」

半兵衛は、町医者の香川洪庵に訊き返した。

町医者香川洪庵は、薬種問屋『宝寿堂』に帰って来た正吉を診察した。

正吉は、勝沼の山で道に迷って崖から渓流《けいりゅう》に転げ落ちた。その時、正吉は脚や腕の骨を折り、頭の打ち所が悪く、記憶なども混乱して自分が何者かなど忘れている事が多かった。

そして、おゆりに助けられて脚や腕の骨折や怪我を一年掛けて治し、江戸に帰って来た。

町医者の香川洪庵は、正吉の骨折や怪我は完治しているが、打ち所の悪かった頭は治りきっていないと診断した。

主の正右衛門は、正吉とおゆりに死んだ隠居の暮らしていた離れ家を与えた。

正吉とおゆりは、養生を兼ねて離れ家で静かに暮らしていた。

「そうか。処で先生、正吉とおゆり、夫婦仲はどんな風かな……」

半兵衛は尋ねた。

「ま、私が見る限りでは、ごく普通の若い夫婦ですよ。尤《もっと》もおゆりさんは言葉数の少ない物静かな人でしてな。黙っている事が多いのだが、時々じっと見ている事もありますよ」

「時々じっと見ている……」

半兵衛は戸惑った。

「ええ……」

「何をじっと見ているのだ」

「それは、若旦那の正吉や旦那の正右衛門さんたち家族は勿論ですが、家の中や庭先なんかも……」

「じっと見詰めている時があるのか……」

「ええ。何と云っても甲州で山暮らしをしていたんです。江戸の大店での暮らしは珍しい事ばかりでしょうからね」

洪庵は読んだ。

「そうだね。ま、心配は正吉だな……」

「ええ。ですが、宝寿堂は江戸でも名高い薬種問屋。薬もいろいろあり、正右衛門旦那はその辺の町医者より医術や薬に詳しいから大丈夫でしょう」

香川洪庵は笑った。

「成《な》る程《ほど》な……」

半兵衛は頷いた。

一膳飯屋の店の窓からは、薬種問屋『宝寿堂』の店が見えた。

半兵衛、半次、音次郎は、昼飯を食べながら互いが聞き込んで来た事を教え合った。

「そうですか。若旦那の正吉と嫁のおゆりに大しておかしな処はありませんか……」

半次は眉をひそめた。

「ま、気になるのは、若旦那の正吉の打ち所の悪かった頭の具合と、嫁のおゆりが時々何かをじっと見詰めている事ぐらいかな」

「そうですか……」

「で、半次、音次郎、聞き込みで何か分かったかい……」

「そいつが、宝寿堂が繁盛していて、旦那の正右衛門さんたちは堅実で慎重な人柄で、小悪党に付け込まれる事もないってのが分かったぐらいですか……」

半次は告げた。

「そうか……」

「それにしても宝寿堂、堅苦しい店のようですね」

音次郎は眉をひそめた。

「音次郎には勤まりそうもないか……」

半兵衛は苦笑した。

「そいつは、もう云うに及ばずですよ」

音次郎は笑った。

半兵衛、半次、音次郎は、昼飯を食べ終えて茶を飲み始めた。

「で、旦那、此からどうします」

「うん。肝心なのは若旦那の嫁のおゆりだ」

半兵衛は眉をひそめた。

「ええ。その素性と人柄、甲州での暮らし振りですか……」

半次は読んだ。

「うん。取り敢えず旦那の正右衛門に逢ってその辺の事を訊くしかあるまい」

「ええ。ですが、旦那が正右衛門さんに逢いに宝寿堂に行けば、若旦那の正吉や嫁のおゆり、それに誰に知れるか分かったものじゃありません……」

半次は眉をひそめた。

もしも、何かの企てが秘められているなら、出入りする町奉行所の同心を見て鳴りを潜めてしまう恐れがある。

半次は、それを心配した。

「うむ。となると、旦那の正右衛門を秘かに呼び出すしかあるまい……」

半兵衛は、薬種問屋『宝寿堂』主の正右衛門を秘かに呼び出す事にした。

二

薬種問屋『宝寿堂』の店の中には、薬草の匂いが満ち溢れていた。

半次は、番頭に懐の十手を見せ、半兵衛の書いた正右衛門宛の手紙を渡した。

「正右衛門さまに必ずお渡し下さい……」

半次は、番頭を見据えて告げた。

「は、はい……」

番頭は、主の正右衛門が伝手《つて》を頼って大久保忠左衛門に相談したのを知っているらしく、緊張した面持ちで手紙を受け取った。

「じゃあ……」

半次は、店の中をそれとなく見廻した。

奉公人や客の中には、半次に不審な眼を向けている者はいない……。

半次は見定め、『宝寿堂』を出た。

『宝寿堂』を出た半次は、辺りを窺って半兵衛と音次郎が潜んでいる路地に来た。

「渡して来ました」

「よし。正右衛門が出て来たら私が追う。半次と音次郎は、宝寿堂に不審な者が来ないか、正吉やおゆりらしき者が出掛けないか見張ってくれ」

半兵衛は命じ、黒紋付羽織を脱いだ。

「承知しました」

半次と音次郎は頷いた。

僅かな刻が過ぎた。

羽織姿の初老の男が、番頭と『宝寿堂』から出て来た。

「旦那……」

「うむ。主の正右衛門だろう」

半兵衛は、羽織姿の初老の男を『宝寿堂』主の正右衛門だと見定めた。

正右衛門は、番頭に見送られて出掛けた。

半兵衛、半次、音次郎は、正右衛門を追って行く者がいるかどうか見守った。

追って行く者はいない……。

「よし。じゃあな……」

半兵衛は、黒紋付羽織を包んだ風呂敷を腰に結んで正右衛門を追った。

「お気を付けて……」

半次と音次郎は見送った。

「音次郎、もし、正吉やおゆりが出掛けるとしたら店からじゃあなく、裏木戸からの筈だ。そっちを頼む」

「はい。じゃあ……」

音次郎は、『宝寿堂』の裏手に走った。

半次は路地に入り、『宝寿堂』の店と周囲に不審な者が現れないか見張り続けた。

薬種問屋『宝寿堂』正右衛門は、溜池沿いの道から一ツ木町《ひとつぎちょう》の通りに曲がった。

半兵衛は、充分な距離を取って追った。

正右衛門を尾行る者は現れない……。

半兵衛は見定め、追った。

赤坂氷川明神《ひかわみようじん》は静かだった。

正右衛門は、本殿に手を合わせて境内を見廻した。

「やあ、宝寿堂の正右衛門の旦那だね」

半兵衛は声を掛けた。

「は、はい……」

正右衛門は、着流しの半兵衛に戸惑いを浮かべた。

「北町奉行所の白縫半兵衛だ」

半兵衛は、懐の十手を見せた。

「此は御無礼致しました」

正右衛門は、慌てて頭を下げた。

「いや。目立たないように黒紋付の巻き羽織は脱いで来たからね」

半兵衛は、腰に結んだ風呂敷包みを示した。

「それはそれは、御造作をお掛け致します」

正右衛門は、白縫半兵衛の細《こま》やかな気遣いを知り、感心した。

「ま、仔細《しさい》を訊かせて貰おうか……」

半兵衛は微笑み、境内の隅にある茶店に誘った。


茶店には微風が吹き抜けていた。

半兵衛と正右衛門は、茶店の縁台に腰掛けて茶を飲んだ。

「どうだい、若旦那の正吉とおゆり、未だ何かしっくりしないか……」

半兵衛は尋ねた。

「はい。正吉は時々ぼんやりして、おゆりはそんな正吉を甲斐甲斐《かいがい》しく面倒をみて、取り立てて仲が良いようには見えませんが、実に良くやってくれています。ですが、何故かしっくりしないのです」

正右衛門は首を捻った。

「そうか。して、おゆりは一日中、離れ家で正吉の面倒を見ているのかな」

「来た当時はそうでしたが、近頃漸《ようや》く出掛けるようになりましてね。尤も時々、束《つか》の間《ま》ですが……」

「時々、束の間、出掛けるか……」

誰かと繋ぎを取るだけならば、束の間で充分だ。

「ええ。正吉の面倒をみるのに疲れ、息抜きをしたくなるのでしょうね。気持ちは良く分かります」

正右衛門は、おゆりに同情した。

「うむ。だが、何かしっくりしないか……」

「は、はい。左様でして……」

正右衛門は、同情しながらもしっくりしない自分に困惑していた。

半兵衛は苦笑した。

風が木々の梢《こずえ》を僅かに鳴らした。

「処で正右衛門、おゆりの素性、何処迄分かっているのかな」

半兵衛は訊いた。

「おゆりの素性ですか……」

「うん……」

「正吉の話では、おゆりは勝沼を下った宮《みや》ノ森《もり》の伝七《でんしち》と云う木地師《きじし》の娘でして、今年十八歳になるそうです」

「木地師の娘か……」

木地師とは、〝木地屋〟とも云って轆轤《ろくろ》などを用いて盆や椀などの日用器物《にちようきぶつ》を作る職人を称した。

「はい。それで動けない正吉の看病を甲斐甲斐しくしてくれたそうでしてね。正吉はいつしかおゆりが好きになり、嫁になってくれと頼んだそうです」

「それで、おゆりは正吉の嫁になったか……」

「はい。そう正吉に聞いております」

正右衛門は頷いた。

「構わないのか、大店の嫁が山の中の木地師の娘で……」

「ま、自分一人では何も出来ない何処かの大店の箱入り娘より、養生する正吉の世話も良くやり、読み書き算盤《そろばん》も出来るしっかり者のおゆりの方がずっと良いじゃありませんか……」

正右衛門は、遣り手の商人らしく冷静な眼でおゆりを見ていた。

「ほう。おゆりは読み書きの他に算盤も出来るのか……」

半兵衛は感心した。

「はい。中々達者なものでして、商人の嫁には申し分がありません。私は正吉の嫁、薬種問屋宝寿堂の嫁には丁度良いかと……」

正右衛門は、おゆりを気に入っているらしく、満足そうな笑みを浮かべた。

「それでもしっくりしないか……」

半兵衛は眉をひそめた。

「はい。何故か……」

正右衛門は、困惑した面持ちで頷いた。

「ならば正右衛門、お前さんのそのしっくりしないものが何か突き止めれば良いのだな」

半兵衛は苦笑した。

「お上の御用をお務めになられる白縫さまにこのような事をお願いして本当に申し訳ございません」

正右衛門は詫びた。

「いや。長年商人として宝寿堂を営んで来たお前さんがしっくりしないんだ。その裏にはきっと何かがあるのだろう。ま、探索をしてみるよ」

「宜しくお願い致します」

正右衛門は、深々と頭を下げた。

「うむ……」

半兵衛は頷いた。
幼い子たちが境内に現れ、笑い声をあげて楽しげに遊び始めた。
赤坂円通寺《えんつうじ》の時の鐘が、午《うま》の刻九つ（正午）を報せた。
薬種問屋『宝寿堂』は、何事もなく商いを続けていた。
裏に廻った音次郎からも、若旦那の正吉や嫁のおゆりが動くと云う報せはなかった。
半次は、見張りを続けた。
菅笠《すげがさ》を被った百姓風の男が杖《つえ》を突いて現れ、薬種問屋『宝寿堂』の前に佇《たたず》んだ。
何だ……。
半次は、百姓風の男を見詰めた。
百姓風の男は、菅笠を僅かに上げて薬種問屋『宝寿堂』の店内を窺った。
菅笠の下の顔は五十歳過ぎであり、髪は白髪交じりだった。
薬種問屋『宝寿堂』から小僧が出て来た。
百姓風の男は、素早く菅笠を目深《まぶか》に被り直して『宝寿堂』の前から離れた。

妙な奴……。

半次は眉をひそめた。

百姓風の男は、溜池沿いの道を赤坂御門に向かった。

半次は追った。


赤坂御門は、溜池と外濠に面した城門だ。

百姓風の男は、溜池の畔の木陰に佇んで菅笠を取り、手拭で額の汗を拭った。

半次は、物陰から見守った。

百姓風の男の白髪交じりの解《ほっ》れ髪《がみ》が、溜池からの風に吹かれて揺れた。

何者だ……。

若旦那の正吉や嫁のおゆりと拘わりのある者なのか……。

百姓風の男は、額や首筋の汗を拭って溜池を眺めていた。

溜池には風が吹き抜け、幾筋もの小波が走っていた。

百姓風の男は菅笠を被り、外濠と紀伊国和歌山藩江戸中屋敷の間の道を四《よ》ツ谷《や》御門《ごもん》に向かった。

半次は尾行た。

薬種問屋『宝寿堂』の裏木戸が軋みを鳴らした。
音次郎は、物陰に素早く隠れた。
裏木戸が開き、前掛をした若い女が出て来た。
音次郎は見守った。
若い女は辺りを見廻し、裏通りから溜池沿いの道に向かった。
音次郎は追った。

前掛をした若い女は、甲州から来た嫁のおゆりなのか……。
音次郎は、溜池沿いの道を田町四丁目の方に急ぐ前掛をした若い女を追った。
前掛をした若い女は、田町四丁目の溜池沿いの道の端にある稲荷堂に駆け寄った。
音次郎は、物陰から見守った。
若い女は稲荷堂に手を合わせ、通行人が途切れたのを見定めて裏に廻った。
何をするのだ……。
音次郎は見守った。

若い女は、稲荷堂の裏から直ぐに出て来た。

そして、手にしていた物を胸元に入れた。

結び文……。

音次郎は、若い女が胸元に入れた物が結び文だと見定めた。

若い女は、何者かが稲荷堂の裏に隠した結び文を取りに来たのだ。

音次郎は読み、若い女が何者かと秘かに繋ぎを取っていると睨んだ。

若い女は、来た道を足早に戻り始めた。

音次郎は追った。


四ツ谷《よや》御門外《ごもんがい》麴町《こうじまち》十一丁目は、甲州街道や青梅街道《おうめかいどう》の出入口である四ツ谷大《おお》木戸《きど》に続いており、旅人で賑わっていた。

菅笠を被った百姓は、麴町十一丁目と四ツ谷塩町《しおちょう》一丁目を抜けて旗本屋敷街に進んだ。

何処に行くのだ……。

半次は追った。

菅笠を被った百姓は、表門を閉めている旗本屋敷の前に佇んだ。

半次は、物陰から見守った。

菅笠を被った百姓は、閉められている表門に近付き、旗本屋敷の様子を窺った。

何様の屋敷だ……。

半次は、菅笠を被った百姓の窺う旗本屋敷の主が誰か気になった。

「何だ、お前は……」

二人の家来が旗本屋敷の裏門に続く路地から現れ、菅笠を被った百姓を咎《とが》めた。

菅笠を被った百姓は、素早く身を翻して逃げようとした。

表門脇の潜り戸が開き、中間《ちゅうげん》たちが飛び出して来た。

菅笠を被った百姓は取り囲まれた。

「その方《ほう》、何者だ……」

家来の一人が、百姓が目深に被っている菅笠を取ろうと手を伸ばした。

百姓は、伸ばした家来の手を払い退《の》けた。

「おのれ、無礼者……」

手を払い退けられた家来は熱《いき》り立ち、猛然と百姓に斬り掛かった。

拙《まず》い……。
半次は焦った。
刹那、百姓は腰を沈めて杖を横薙《よこな》ぎに一閃《いっせん》した。
煌めきが瞬き、斬り掛かった家来が胸元を血に染めて倒れた。
残った家来と中間たちは驚き、怯んだ。
仕込刀《しこみがたな》の鮮やかな居合抜き……。
半次は眼を瞠《みは》った。
百姓は地を蹴り、仕込刀を杖に戻しながら逃げた。
「おい。大丈夫か……」
残った家来と中間は、斬られて倒れた家来に駆け寄った。
半次は、逃げた百姓を追った。
菅笠を被った百姓は、杖に見せ掛けた仕込刀を持った居合抜きの遣い手だった。
武士か……。
半次は、想いを巡らせながら菅笠を被った百姓を追った。だが、菅笠を被った百姓の姿は、既に何処にも見えなかった。

逃げられた……。

半次は立ち止まり、息を整えて旗本屋敷に戻った。

旗本屋敷の門前に人影はなく、斬られた家来の血の滴《したた》りも綺麗に消されていた。

旗本屋敷の主は、家来が菅笠を被った百姓に斬られた一件をなかった事にしようとしている……。

半次は読んだ。

斜向かいの旗本屋敷から下男が現れ、門前の掃除を始めた。

半次は駆け寄った。

下男は、駆け寄った半次に怪訝な眼を向けた。

「ちょいとお尋ねしますが、あそこは大久保忠左衛門さまの御屋敷ですか……」

半次は、忠左衛門の名前を利用した。

「いいえ。あそこは水谷頼母《みずたにたのも》さまの御屋敷にございますよ」

下男は、怪訝な面持ちで告げた。

「水谷頼母さま……」

半次は眉をひそめた。

「はい」

「御納戸頭《おなんどがしら》の大久保忠左衛門さまの御屋敷じゃあないのですか……」

「ええ。水谷頼母さま、今は御役目に就《つ》いていない寄合ですよ」

「そうですか、そいつは御造作をお掛けしました」

半次は、下男に礼を云ってその場を離れた。


菅笠を被った百姓は武士であり、薬種問屋『宝寿堂』に続き、四ツ谷の旗本水谷頼母の屋敷を窺った。

何者なのだ……。

若旦那の正吉の嫁のおゆりと何か拘わりがあるのか……。

そして、どうして旗本水谷頼母の屋敷を窺ったのだ……。

半次は、赤坂田町一丁目の薬種問屋『宝寿堂』に急いだ。

正右衛門は、薬種問屋『宝寿堂』に帰って行った。

半兵衛は、物陰から見送った。

「旦那……」

音次郎が現れた。

「おう。どうだ……」

「はい。裏木戸から若い女が出掛けましてね」

「若い女、おゆりかな……」

半兵衛は眉をひそめた。

時々、束の間、出掛ける……。

半兵衛は、正右衛門の言葉を思い出した。

「きっと……」

音次郎は頷いた。

「して、追ったのか……」

「はい。四丁目の稲荷堂に行きましてね。稲荷堂の裏から結び文を……」

「結び文……」

「はい。誰かが稲荷堂の裏に隠したのを取りに行ったようです」

「そうか。で、おゆりはどうした」

「はい。結び文を持って直ぐ宝寿堂に帰って来ました」

「そうか……」

若旦那正吉の嫁のおゆりは、稲荷堂を使って何者かと秘かに繋ぎを取っている。

半兵衛は知った。

「旦那、音次郎……」

半次が足早に戻って来た。

「おう。何処に行っていた……」

「はい。五十歳ぐらいの百姓が来ましてね。宝寿堂を窺って行ったので気になり、尾行たんです。そうしたら、四ツ谷の水谷頼母って旗本屋敷に行きましてね」

「ほう。五十ぐらいの百姓が四ツ谷の水谷頼母って旗本の屋敷にね……」

「ええ、で……」

半次は、百姓が家来に見咎められて仕込刀で見事な居合抜きを遣った事を教えた。

「ならばその百姓、武士だったのか……」

半兵衛は眉をひそめた。

「きっと……」

半次は頷いた。

「して、その百姓は……」

「追ったのですが、見失いました」

半次は、悔しげに告げた。

「そうか……」

「で、旦那の方は……」

「うん。いろいろ分かったよ」

半兵衛は、旦那の正右衛門に聞いたおゆりの素性を話した。

「甲州の木地師の娘ですか……」

半次は眉をひそめた。

「うむ。しかし、そいつも何処迄本当なのか……」

半兵衛は苦笑した。

陽は西に沈み、溜池に赤く映え始めた。

三

おゆりは、赤坂田町四丁目にある稲荷堂を使って何者かと繋ぎを取っていた。

そして、薬種問屋『宝寿堂』には、百姓を装った初老の武士が現れた。

おゆりと百姓を装った初老の武士は、何らかの拘わりがあるのか……。

ひょっとしたら、おゆりが秘かに繋ぎを取っている相手は、百姓を装った初老の武士なのかもしれない。

半兵衛は読んだ。

そして、初老の武士は、四ツ谷に住む旗本の水谷頼母と何らかの拘わりがあるのだ。

だとしたら、それはおゆりにも拘わりがあるのか……。

何《いず》れにしろ、おゆりと百姓を装った初老の武士の拘わり、そして旗本の水谷頼母だ。

半兵衛は、おゆりを見張り、旗本水谷頼母を調べる事にした。

「四ツ谷の旗本、水谷頼母か……」

忠左衛門は、旗本の武鑑《ぶかん》を捲《めく》った。

「はい……」

半兵衛は頷いた。

「おお、いたぞ。水谷頼母、三千石取りの寄合だな」

「寄合ですか……」

〝寄合〟とは、禄高三千石以上の旗本で役目に就いていない者を称し、若年寄《わかどしより》の支配下にあった。

「うむ。かつては甲府勤番支配《きんばんしはい》などの御役目にも就いていたようだな」

忠左衛門は、武鑑を読んだ。

「甲府勤番支配……」

半兵衛は眉をひそめた。

「うむ。そう云えば、宝寿堂の正吉も甲府に薬草を買い付けに行って行方知れずになったのだったな」

忠左衛門は白髪眉をひそめた。

「はい。ま、正吉が行方知れずになった事とは拘わりないでしょうが、嫁のおゆりと父親の木地師の伝七は、何らかの拘わりがあるのかもしれません」

半兵衛は告げた。

「嫁のおゆりか……」

「はい。大久保さま、旗本の水谷頼母、御公儀内ではどのような評判なんですかね」

「分かった。急ぎ調べてみよう」

忠左衛門は、筋張った細い首を伸ばして頷いた。

「お願いします」

半兵衛は頼んだ。


薬種問屋『宝寿堂』は、いつもと変わらない商いを続けていた。

半次と音次郎は、手分けをして店先と裏手を見張り続けた。

百姓を装った武士が現れるか、おゆりが裏木戸から出掛けるか……。

半次と音次郎は見張った。

四ツ谷御門外の旗本屋敷街に人通りはなく、物売りの声だけが長閑《のどか》に響いていた。

半兵衛は、旗本の水谷頼母の屋敷を眺めた。

水谷屋敷は表門を閉め、人の出入りはなかった。

昨日、百姓を装った武士は、水谷頼母の屋敷を窺って家来に見咎《みとが》められ、襲い掛かった一人を斬り棄てて逃げた。

もし、百姓を装った武士が甲州から来たのなら、甲府勤番支配の役目に就いていた時の水谷頼母と、何らかの拘わりがあるのかもしれない。

半兵衛は読んだ。

もし、読みが正しいなら百姓を装った武士は、おそらく四ツ谷大木戸、内藤新《ないとうしん》宿《じゅく》の木賃宿辺りに寝泊まりしているのかもしれない。

行ってみるか……。

半兵衛は、旗本屋敷街を出て大通りを四ツ谷大木戸に向かった。

四ツ谷大木戸、内藤新宿には多くの旅人と荷を積んだ馬が行き交い、土埃が舞いあがり馬糞《まぐそ》の臭いが漂っていた。

内藤新宿には、問屋場《といやば》、立場《たてば》、茶店、土産物屋《みやげものや》、木賃宿などが軒を連ねていた。

〝木賃宿〟とは、自炊《じすい》を旨《むね》とする安宿であり、客が煮炊きをする薪《まき》を買う処から付いた名と云われている。

半兵衛は、幾つかある木賃宿の一軒を訪れ、亭主に杖をついた初老の百姓が泊まっていないか尋ねた。

「さあ……」

木賃宿の亭主は首を捻った。

「そうか、泊まっていないか……」

半兵衛は、木賃宿の中を見廻した。

行商人や大道芸人たちは商いに出払い、年寄りや幼い子供が残されていた。

半兵衛は、木賃宿を尋ね歩いた。だが、杖をついた初老の百姓は、容易に見付からなかった。


「どうだ……」

薬種問屋『宝寿堂』の裏木戸を見張る音次郎の許に半次がやって来た。

「動き、ありません。親分の方もですか……」

「ああ……」

半次は頷いた。

裏木戸が開いた。

半次と音次郎は、素早く物陰に隠れた。

おゆりと思われる若い女が、裏木戸から出て来た。

半次と音次郎は見守った。

おゆりは辺りを見廻し、足早に通りに向かった。

「嫁のおゆりか……」

半次は、音次郎に尋ねた。

「きっと。又、稲荷堂に行くんですかね」

「追うぞ……」

半次と音次郎は、おゆりを追った。


通りに出たおゆりは、赤坂田町四丁目の稲荷堂には行かず、反対側に進んで紀《き》伊国坂《のくにざか》に向かった。

「稲荷堂じゃありませんね」

「ああ。此のまま行けば紀伊国坂から四ツ谷だな……」

半次は眉をひそめた。

「四ツ谷なら旗本の水谷頼母の屋敷ですか……」

音次郎は読んだ。

「きっとな……」

半次は頷いた。

おゆりは、紀伊国和歌山藩江戸中屋敷の前の紀伊国坂に進んだ。

半次と音次郎は追った。


人足たちの引く大八車が土埃を巻き上げて通り過ぎた。

半兵衛は、土埃が収まるのを待って往来を横切り、最後の木賃宿に行くつもりだった。

土埃が収まった時、菅笠を被った百姓が杖をつきながら来るのが見えた。

半兵衛は、物陰に入って菅笠を被った百姓を見守った。

菅笠の下から僅かに見える髪は白髪交じり、ついているのは直刀の仕込杖……。

半兵衛は見定めた。

いた……。

半兵衛は、百姓を装った初老の武士を漸く見付けた。

百姓を装った初老の武士は、杖をつきながら往来に出て外濠に向かった。

何処に行く……。

半兵衛は、慎重に尾行た。


おゆりは、四ツ谷の旗本水谷頼母の屋敷の門前に佇んだ。

「旗本の水谷の屋敷ですかい……」

音次郎は尋ねた。

「ああ……」

半次は頷き、おゆりを見張った。

おゆりは、水谷頼母の屋敷の門前を見廻して誰かを捜した。

半次と音次郎は見守った。

おゆりは、捜す相手がいないのを見定めて屋敷の横手の路地に進んだ。

半次と音次郎は追った。

おゆりは、水谷屋敷の周囲に誰かを捜して表門の前に戻った。

「捜す相手、いなかったようですね」

音次郎は、おゆりの動きを読んだ。

「うん……」

半次は頷いた。

おゆりは、哀しげに水谷屋敷を眺めた。

誰を捜しているのか……。

捜している相手は、稲荷堂の裏に結び文を隠して繋ぎを取った者なのかもしれない。

半次は読んだ。

潜り戸が不意に開いた。

おゆりは、咄嗟に逃げようとした。

「待て……」

家来と中間たちが潜り戸から現れ、おゆりを取り囲んだ。

おゆりは怯んだ。

半次と音次郎は眉をひそめた。

「女、何か用か……」

家来は咎めた。

「いえ。用などございませぬ」

おゆりは云い繕った。

「ならば何故、屋敷を窺う」

「窺ってなどおりませぬ……」

おゆりは、懸命に逃れようとした。

「おのれ、胡乱《うろん》な奴、一緒に来い……」

家来は、おゆりの手を摑もうとした。

「火事だ。水谷屋敷が火事だ」

音次郎の叫び声が、水谷屋敷の横手の路地からあがった。

家来と中間は驚いた。

「火事だ、水谷屋敷が火事だ。誰か来てくれ」

音次郎の叫び声が続いた。

火事は、公儀の最も嫌う事だ。それも大身旗本屋敷が火元となると大失態であり、公儀のどんなお咎めがあるか分からない。

ましてや、火事が広がれば、重い責めを負わされる。

家来と中間たちは狼狽え、音次郎の叫び声のする屋敷の横手の路地に血相を変えて走った。

おゆりは逃げた。

半次は、物陰を出ておゆりを追った。

連なる旗本屋敷から中間や小者が現れ、水谷屋敷に駆け寄って来た。

火事騒ぎが始まった。

音次郎は、物陰に潜んで成行きを見守った。

百姓を装った初老の武士は、仕込み杖を手にして四ツ谷大木戸からの往来を進んだ。

半兵衛は尾行た。

百姓を装った初老の武士は、大横丁《おおよこちょう》を北に曲がった。

此のまま進めば、水谷頼母の屋敷のある旗本屋敷街だ。

百姓を装った初老の武士は、昨日に続いて水谷頼母の屋敷に行くつもりだ。

半兵衛は読んだ。

何故だ……。

昨日、家来を斬られた水谷屋敷は警戒を厳しくしている筈だ。

それを知りながら敢えて行くのは、警戒に引っ掛かって斬り合いになるのを覚悟しての事だ。

百姓を装った初老の武士は、旗本水谷頼母と事を構えようとしているのだ。

半兵衛は睨んだ。

何が潜んでいるのだ……。

百姓を装った初老の武士と水谷頼母の間には、斬り合う程の事が潜んでいるのだ。

遺恨か……。

半兵衛は想いを巡らせた。

百姓を装った初老の武士は、足を止めて菅笠をあげた。

どうした……。

半兵衛は、百姓を装った初老の武士の行く手を窺った。

行く手に見える水谷屋敷の門前には、多くの武士や中間小者が集まっていた。

何かがあった……。

　半兵衛は見守った。

　百姓を装った初老の武士は、再び道の隅を歩き始めた。そして、頭を下げたまま騒ぎの起きている水谷屋敷の門前を通り過ぎて行く。

　半兵衛は追った。

「旦那……」

　音次郎が現れた。

「何の騒ぎだ」

　半兵衛は、水谷屋敷門前の騒ぎを一瞥《いちべつ》した。

「おゆりが来ましてね。怪しい奴だと家来に捕まりそうになったので、ちょいと火事騒ぎを起こしてやったんですよ」

　音次郎は、悪戯《いたずら》っ子のように笑った。

「成る程。して、おゆりは……」

「逃げましてね。親分が追いました」

「そうか……」

　半兵衛は頷いた。

「で、旦那、あの杖をついた菅笠の父っつあんですか……」

音次郎は、前を行く百姓を装った初老の武士を示した。

「うむ。水谷屋敷に用があったようだが、此の騒ぎだ。素通りする気だ」

「分かりました。あっしが追います」

「うむ。相手は居合抜きの遣い手だ。油断するな。それから塒《ねぐら》は内藤新宿の奥の木賃宿だ」

半兵衛は告げた。

「承知。じゃあ……」

音次郎は頷き、百姓を装った初老の武士を追った。

半兵衛は見送り、水谷屋敷を眺めた。

火事騒ぎも終わり、水谷屋敷は平生を取り戻していた。

薬種問屋『宝寿堂』に変わった様子はなかった。

おゆりは、四ツ谷の水谷屋敷から真っ直ぐ薬種問屋『宝寿堂』に戻った。

半次は見届けた。

木洩れ日の煌めきは薄れ始めた。

半兵衛は北町奉行所に戻り、大久保忠左衛門の用部屋を訪れた。

「おお。半兵衛、丁度良かった」

忠左衛門は、筋張った細い首を伸ばして半兵衛を迎えた。

「水谷頼母、何か分かりましたか……」

半兵衛は尋ねた。

「うむ。半兵衛、水谷頼母、七年前に甲府勤番支配だったのだが、偶《たま》に行く甲府で権勢《けんせい》を振り翳《かざ》して遣りたい放題。で、甲府勤番の者共の怒りを買って命を狙われた。しかし、逸早《いちはや》くそれに気付いた水谷は、騒ぎを鎮めて甲府勤番支配の御役目から身を引いたそうだ」

〝甲府勤番〟とは、幕領である甲府の守備、武器管理、そして町政《ちようせい》を担《にな》う役目だ。支配の下には四人の組頭と二百人の勤番侍が家族と共におり、転任も出来ず江戸にも戻れず、小普請組《こぶしんぐみ》の者が甲府勤番を命じられた時は〝山流し〟と同情された。

「ほう。余りの酷さに甲府勤番の者共に命を狙われましたか……」

半兵衛は眉をひそめた。

「うむ。だが、どうにか騒ぎは鎮めたそうだ」

「騒ぎを鎮めた……」

半兵衛は、水谷頼母が騒動をどのような手立てで鎮めたかが気になった。

「うむ……」

「して、御公儀の裁きは……」

「うむ。水野頼母は蟄居《ちっきょ》となった」

「蟄居……」

半兵衛は戸惑った。

〝蟄居〟とは、屋敷内の一室に閉じ込められる刑である。だが、家族は出入りが自由なので軽い刑と云える。

「左様……」

「ですが、水谷頼母は騒ぎの張本人……」

半兵衛は、騒ぎの張本人の刑罰にしては軽すぎると思った。

「うむ。だが、水谷頼母は早々に御役目から身を引いて謹慎《きんしん》した。御公儀はそれを殊勝《しゆしよう》なりとし、蟄居の沙汰を下したそうだ」

「それで、蟄居だけですか……」

半兵衛は、蟄居という軽い仕置に微かな不満を覚えた。

「ああ。勿論、御老中《ごろうじゅう》や目付《めつけ》などにそれなりの手を打っての事だろう」

忠左衛門は、腹立たしげに筋張った細い首を引き攣らせた。

「何《いず》れにしろ水谷頼母、甲府で勤番者にかなりの遺恨を買った訳ですな」

半兵衛は睨んだ。

「うむ。違いあるまい……」

忠左衛門は頷いた。

「分かりました……」

「半兵衛、正吉が連れて帰って来た嫁のおゆり、元甲府勤番支配の水谷頼母と拘わりがあるのか……」

忠左衛門は、筋張った細い首を微かに震わせた。

「おそらく……」

半兵衛は、厳しい面持ちで頷いた。

用部屋の障子は、夕陽に赤く染まり始めた。

囲炉裏《いろり》の火は燃え上がり、壁に映えている半兵衛の影を揺らした。

おゆりと百姓に扮《ふん》した初老の武士は、元甲府勤番支配の旗本水谷頼母と拘わりがある。

半兵衛は読んだ。

百姓に扮した初老の武士は、水谷家家中の者を斬った。そうした処からみると、百姓に扮した初老の武士は、水谷頼母の命を狙っているのかもしれない。

七年前、甲府勤番支配の水谷頼母を狙った勤番侍と同じように……。

半兵衛は思った。

ひょっとしたら百姓に扮した初老の武士は、水谷頼母の命を奪おうとした勤番侍に拘わりのある者なのかもしれない。

半兵衛は睨んだ。

「旦那……」

半次と音次郎が、勝手口から入って来た。

「おう。どうした……」

半兵衛は迎えた。

「はい。音次郎が百姓に扮した初老の武士に撒《ま》かれました」

半次は告げた。

「申し訳ありません」

音次郎は詫びた。

「撒かれたか……」

「はい。それで内藤新宿の木賃宿に走ったのですが……」

「いなかったか……」

「はい……」

音次郎は、悔しげに項垂《うなだ》れた。

「ま、尾行ているのを気付かれ、斬られなかったのは何よりだ」

「ええ。本当に良かった……」

半次は頷いた。

百姓に扮した初老の武士は、音次郎の尾行に気付きながらも手を出さなかったのだ。

半兵衛は、百姓に扮した初老の武士の人柄を僅かに知った。

囲炉裏の火は燃えた。

四

百姓に扮した初老の武士は姿を消した。

だが、水谷頼母の命を狙い続ける……。

半兵衛は睨んだ。

百姓に扮した初老の武士が水谷頼母の命を狙うのは、七年前に起きた甲府勤番たちの騒動が拘わっているのだ。

おゆりは、その仔細を知っている。

逢うしかない……。

半兵衛は、おゆりに逢う事にした。


薬種問屋『宝寿堂』の母屋《おもや》の座敷は、静けさに覆われていた。

主の正右衛門は、正面から訪れた半兵衛を母屋の奥座敷に迎えた。

半兵衛は、おゆりに関して分かった事を正右衛門に教えた。

「では、おゆりは甲府勤番のお侍と拘わりがあると……」

「如何にも……」

「ならば、おゆりは武家の出なのですか……」

「おそらく……」

「そうですか。読み書き算盤が達者で賢いしっかり者の理由が良く分かりました」

正右衛門は微笑んだ。

「うむ。して、おゆりに逢わして貰えるかな」

半兵衛は頼んだ。

「それはもう。今、呼んで参ります。少々お待ち下さい」

正右衛門は、大店の主とは思えぬ身軽さで座敷から出て行った。

そこには、老舗大店の格式などより実質と実利を重んじる正右衛門の人柄が表れていた。

僅かな刻が過ぎた。

「お待たせ致しました」

正右衛門が、おゆりを伴って戻って来た。

「白縫さま。倅正吉の嫁のゆりにございます」

正右衛門は、半兵衛におゆりを引き合わせて脇に控えた。

「ゆりにございます……」

おゆりは、半兵衛に挨拶をした。

「うん。私は北町奉行所の白縫半兵衛。忙しい処をすまないね」

「いいえ……」

おゆりは、臆する様子もなく半兵衛を見詰めた。

「そうか。今日はちょいと訊きたい事があってね」

「はい……」

「おゆりは、甲州の木地師の伝七の娘だね」

「左様にございます」

おゆりは頷いた。

「父親の木地師の伝七、何故に四ツ谷の旗本水谷頼母の命を狙うのかな……」

半兵衛は、おゆりを見据えて無雑作に尋ねた。

「そ、それは……」

おゆりは、唐突に訊かれて狼狽えた。

百姓に扮した初老の武士は、おゆりの父親の木地師の伝七なのだ。

半兵衛は見定めた。

「それは、なんだい……」

半兵衛は、穏やかに話の先を促した。

おゆりは俯《うつむ》き、唇を噛んで黙り込んだ。

「おゆり……」

正右衛門は心配した。

「旦那さま、申し訳ございません」

おゆりは、正右衛門に詫びた。

真実を引き出すには、誘い水が必要なようだ……。

半兵衛は見極めた。

「おゆり、七年前、甲府では勤番侍たちが余りにも理不尽《りふじん》な甲府勤番支配に怒り、その命を狙うと云う騒ぎが起きたそうだね」

半兵衛は、おゆりに訊いた。

「し、白縫さま……」

おゆりは戸惑い、思わず半兵衛を見た。

「その時の甲府勤番支配が、四ツ谷の水谷頼母だね」

半兵衛は、おゆりに笑い掛けた。

「は、はい……」

おゆりは、観念したように頷いた。

「で、父親の木地師の伝七は、その時に水谷頼母の命を狙った勤番侍と深い拘わりがありそうだね」

半兵衛は、おゆりに念を押した。

「はい。父は岡村伝七郎《おかむらでんしちろう》と申す勤番侍でした。そして、若い勤番侍の奥方さまが、江戸から来た甲府勤番支配の水谷頼母の奥方借りに遭い……」

「奥方借り……」

半兵衛は眉をひそめた。

「はい……」

「奥方借りとは……」

半兵衛は問い質した。

「それは、今晩、客を招いたのだが、酌《しゃく》をする者がいないので、ついては奥方を借りたいと……」

おゆりは、話し難そうに告げた。

「勤番侍の奥方を芸者代わりにするのか……」

半兵衛は呆れた。

「はい。甲府勤番の間では、上役の新参者に対する苛《いじ》めとしてやられている事です」

おゆりは、腹立たしげに告げた。

「苛めか。して、水谷頼母は若い勤番侍の奥方を借りてどうしたのだ」

「分かりません。ですが翌朝、勤番侍の奥方さまは雑木林《ぞうきばやし》で首を吊っているのが見付かったのです」

「自害したのか……」

「はい……」

「そうか……」

半兵衛は、奥方の身に起きた災《わざわ》いを推《お》し測《はか》った。

「それで、奥方さまに自害された若い勤番侍は、水谷頼母の屋敷に斬り込み、無《む》惨《ざん》に……」

おゆりは、哀しげに俯いた。

「返り討ちに遭ったか……」

半兵衛は読んだ。

「はい。それで心ある勤番侍たちは熱り立ち、古参の父の許に集まりました」

「そして、甲府勤番支配の水谷頼母を討ち果たそうと誘ったか……」

「はい。父は熱り立った方々に落ち着け、血気にはやるなと、懸命に説得しました。ですが、熱り立った方々は、父の説得を……」

「聞かなかったのか……」

半兵衛は読んだ。

「はい。そして、水谷頼母の放った討手《うって》に騒ぎを起こした罪で皆殺しに……」

「酷いな……」

「はい。それで父は説得出来なかった自分を責め、甲府勤番の御役目を辞め、甲府から立ち退いたのです」

「そして、木地師の伝七となったか……」

「はい。父は長患《ながわずら》いの母と十一歳だった私を抱え、騒ぎに巻き込まれるのを恐れたのかもしれません」

おゆりは告げた。

「母御《ははご》は長患いだったのか……」

「はい。心の臓の病で……」

「去年、父が渓流で若旦那の正吉さんを助ける前に息を引き取りました」

「して、母御は……」

「そして一年が過ぎ、元甲府勤番の岡村伝七郎に戻ったか……」

岡村伝七郎は、長患いの妻を看取《みと》り、娘のおゆりが正吉に嫁に望まれたのを機に、木地師の伝七から元甲府勤番の岡村伝七郎に戻ったのだ。

「はい。木地師伝七はもういない。甲州の事は忘れて新しく生き直せと、お店に一番近い稲荷堂の裏に結び文を残して……」

半兵衛は、おゆりが赤坂田町四丁目の稲荷堂に行った話を思い出した。

伝七とおゆりは、繋ぎは薬種問屋『宝寿堂』に一番近い稲荷堂を使う約束をしていたのだ。

半兵衛は気付いた。

「父は元甲府勤番岡村伝七郎に戻り、水谷頼母を討ち果たし、七年前に無惨に殺された方々の無念を晴らすつもりなのです」

おゆりは、父親の岡村伝七郎の腹の内を読んだ。

「うむ……」

半兵衛は、おゆりの読みに頷いた。

「白縫さま、父は武士として果てる覚悟です」

おゆりは、取り乱しもせずに云い切った。

「お、おゆり、それで良いのか……」

正右衛門は、おゆりに念を押した。

「旦那さま、私は父に武士である事を貫かせてやりたいのです」

おゆりは、涙を零《こぼ》した。

「おゆり……」

「旦那さま、素性を隠していて申し訳ございません。私がいれば正吉さんや旦那さま、宝寿堂にも御迷惑をお掛けするやもしれませぬ。私は此で……」

「何を云うのです、おゆり。お前は木地師伝七さんの娘で正吉の嫁、今はもう薬種問屋宝寿堂の者です。何があっても義父の私が護ります。安心していなさい……」

正右衛門は、穏やかな笑みを浮かべた。

「旦那さま……」

おゆりは困惑した。

「旦那の云う通りだ、おゆり。お前は既に宝寿堂正吉の嫁だ。良かったな……」

半兵衛は、おゆりの為に喜んだ。

「は、はい。忝《かたじけの》うございます……」

おゆりは泣き伏《ふ》した。

肩を震わせ、子供のように声をあげて泣いた。

半兵衛は微笑んだ。


百姓に扮した初老の武士は、おゆりの父親の元甲府勤番の岡村伝七郎だった。

おゆりの素性は分かった。

薬種問屋『宝寿堂』正右衛門は、漸くしっくりしなかったものを解消出来た。

半兵衛は、大久保忠左衛門に頼まれた探索を終えた。

「じゃあ、此で終わりですか……」

音次郎は眉をひそめた。

「うむ。大久保さまに頼まれた件はな」

半兵衛は小さな笑みを浮かべた。

「って事は……」

「音次郎、後は元甲府勤番の浪人、岡村伝七郎がどうするのか見届けるのさ」

半次は教えた。

「そうこなくっちゃあ……」

音次郎は、嬉しげに笑った。

姿を隠した元甲府勤番の岡村伝七郎は、七年前の朋輩たちの無念を晴らさんと旗本水谷頼母の命を狙っている。

半兵衛は読んだ。

狙っている限り、岡村伝七郎は旗本の元甲府勤番支配の水谷頼母の前に現れる。

そいつを待つしかないのだ……。

半兵衛は、半次や音次郎と共に四ツ谷の水谷頼母の屋敷に向かった。

四ツ谷の水谷屋敷は、家来が得体の知れぬ者に斬られたり、火事騒ぎの異変が続いて警戒を厳しくしていた。

半兵衛は、半次や音次郎と水谷屋敷を眺めた。

水谷屋敷の表門が開いた。

半兵衛、半次、音次郎は、素早く物陰に隠れた。

武家駕籠《かご》が十人程の供侍《ともざむらい》を従え、家来たちに見送られて表門内から出て来た。
「駕籠、水谷頼母が乗っているんですかね」
音次郎は眉をひそめた。
「おそらくな……」
十人もの供侍を従えた武家駕籠には、主の水谷頼母が乗っている筈だ。
半兵衛は読んだ。
武家駕籠の供侍たちは、厳しく辺りを窺いながら出掛けて行った。
見送った家来たちは、表門を閉めた。
半兵衛は、出掛けて行く武家駕籠一行を眺めた。
殺気……。
半兵衛は、武家駕籠一行の供侍たちに微かな殺気を感じた。
供侍たちは、得体の知れぬ者の襲撃を警戒しているのだ。
半兵衛は睨んだ。
菅笠を被った百姓が杖をつきながら路地から現れ、武家駕籠一行を追った。
「旦那……」
音次郎は、緊張に声を上擦《うわず》らせた。

「ああ。岡村伝七郎だ」

半兵衛は、百姓に扮した岡村伝七郎が現れたのを見定めた。

岡村伝七郎は、武家駕籠に乗っている水谷頼母を襲うつもりなのだ。

「追うよ……」

半兵衛は、武家駕籠一行を追う岡村に続こうとした。

「旦那……」

半次が、緊張した声で半兵衛を呼び止めた。

「どうした……」

「あれを……」

半次は、水谷屋敷から出て来た頭巾《ずきん》を被った武士と四人の供侍を示した。

半兵衛は戸惑った。

頭巾を被った武士は、四人の供侍を従えて武家駕籠一行を追った。

「罠だ……」

半兵衛は気付いた。

水谷頼母は、武家駕籠一行を囮《おとり》にして得体の知れぬ者を誘き出し、何者か見定める罠を仕掛けたのだ。

「じゃあ、水谷頼母は駕籠には乗っていないのですか……」

音次郎は眉をひそめた。

「ああ。あの頭巾を被った武士が水谷頼母に違いあるまい」

半兵衛は睨んだ。

「どうします……」

「とにかく追うよ……」

半兵衛は、半次と音次郎を伴って頭巾を被った水谷頼母たちに続いた。


外濠は煌めいていた。

武家駕籠一行は、外濠沿いの道を北に進んだ。

岡村伝七郎は尾行した。

頭巾を被った水谷頼母は、四人の供侍を従えて続いた。

此のままでは、岡村伝七郎は武家駕籠一行と頭巾を被った水谷頼母たちに討ち果たされる。

「旦那、此のままで良いのですか……」

半次は眉をひそめた。

「いや。水谷頼母の思いのままにはさせない」

半兵衛は、不敵に云い放った。

「じゃあ……」

「うむ。此のまま水谷頼母を追って来てくれ。私は岡村伝七郎に武家駕籠は罠だと報せる」

「承知……」

半次と音次郎は頷いた。

半兵衛は、傍らの路地に足早に駆け込んだ。

元甲府勤番支配の水谷頼母の首を獲《と》り、七年前に無惨に殺された者たちの無念を晴らす。

岡村伝七郎は、武家駕籠一行に斬り込む隙を窺った。

武家駕籠の供侍たちは、微かな殺気を漂わせて油断なく進んで行く。

行く手に火除地《ひよけち》が見えて来た。

外濠と火除地の間……。

岡村伝七郎は、斬り込む場所を決めた。

水谷頼母を必ず討ち果たす……。

岡村伝七郎は、武家駕籠一行を見据えて仕込杖を握り締めた。

半兵衛が路地から現れ、素早く岡村伝七郎に並んだ。

岡村伝七郎は、町奉行所同心の出現に仕込刀の柄《つか》を握った。

「罠だ……」

半兵衛は囁いた。

「罠……」

岡村伝七郎は、思わず立ち止まった。

「水谷頼母は、駕籠ではなく、頭巾を被って後ろから来る……」

「なに……」

「駕籠はおぬしを誘き出す囮だ」

半兵衛は、立ち去って行く武家駕籠一行を見送った。

「水谷頼母は、後ろから来る頭巾を被った武士か……」

岡村伝七郎は振り向いた。

頭巾を被った武士が、四人の供侍を従えて来るのが見えた。

「おぬし、町奉行所の……」

「七年前、水谷頼母が甲府で働いた悪事を知る者だ」
半兵衛は笑った。
岡村伝七郎は眉をひそめた。
おゆりの知り合いか……。
岡村伝七郎は睨んだ。
武家駕籠一行は、既に見えなくなっていた。
水谷頼母は、頭巾を被って後ろから来る……。
岡村伝七郎は、半兵衛を信じる事にした。
「忝い……」
岡村伝七郎は、半兵衛に礼を云って頭巾を被った武士たちに向かった。
半兵衛は見守った。
岡村伝七郎は、仕込杖を握り締めて頭巾を被った武士たちに進んだ。
頭巾を被った武士と四人の供侍は、思わぬ成行きに微かに狼狽えた。
岡村伝七郎は対峙した。
四人の供侍は、頭巾を被った武士を護るように立った。

「水谷頼母か……」

岡村伝七郎は、目深に被っていた菅笠を脱いで顔を晒《さら》した。

「お、岡村伝七郎……」

頭巾を被った武士は、岡村伝七郎の顔を見て思わず声をあげた。

その声は、間違いなく元甲府勤番支配の水谷頼母のものだった。

「水谷頼母、七年前に殺された者たちの無念、今こそ晴らす」

岡村伝七郎は、仕込杖を握って水谷頼母に迫った。

「おのれ、曲者《くせもの》……」

供侍たちが、猛然と岡村に斬り掛かった。

岡村は、仕込杖を煌めかせた。

二人の供侍が、土埃をあげて倒れた。

見事な居合抜きだった。

同門……。

半兵衛は、岡村伝七郎が自分と同じ田宮流抜刀術《たみやりゅうばっとうじゅつ》の遣い手だと知った。

残る供侍たちは怯んだ。

岡村は、怯んだ供侍たちに構わず水谷頼母に迫った。

「斬れ、斬り棄てろ……」
水谷は、激しく狼狽えた。
岡村は、直刀を横薙ぎに一閃した。
鋭い輝きが瞬いた。
水谷は、喉元を斬られ、恐怖に眼を瞠って凍て付《い》いた。
「お。岡村……」
水谷は、苦しげに嗄《しやが》れ声を鳴らした。
刹那、岡村は直刀を真っ向から斬り下げた。
水谷は頭巾を斬り落とされ、額から血を噴きあげた。
岡村は、水谷を見据えた。
水谷頼母は、血に濡れた顔を醜く歪めて仰《の》け反《ぞ》り斃《たお》れた。
岡村伝七郎は、七年前に殺された者たちの無念を晴らした。
怯んだ供侍が我に返り、岡村を背後から襲った。
岡村は、背中を斬られながらも直刀を背後に突き出した。
岡村の直刀は、背後から斬り付けた供侍の腹を貫いた。
腹を突き刺された供侍は、血を流して両膝をついて前のめりに斃れた。

岡村は、血に濡れた直刀を握り締めて一人残った供侍を見据えた。

一人残った供侍は、恐怖に激しく震えて後退りをし、身を翻した。

岡村は、咄嗟に直刀を投げた。

直刀は飛び、逃げた供侍の背に深々と突き刺さった。

逃げた供侍は仰け反り、前のめりに倒れた。

岡村は、その場にへたり込んだ。

「岡村伝七郎……」

半兵衛は、座り込んだ岡村に駆け寄った。

「み、水谷頼母は……」

岡村は、苦しく息を鳴らした。

「半次、音次郎……」

半兵衛は、半次と音次郎に水谷頼母たちの生死を確かめろと目配せした。

半次は、水谷頼母の生死を検《あらた》めた。

水谷頼母は絶命していた。

「死んでいます……」

「家来たちも……」

半次と音次郎は見定めた。

「岡村、水谷頼母は見事に討ち果たした。安心しろ……」

「そ、そうですか。忝い……」

岡村は、微笑みを浮かべて意識を失った。

「半次、音次郎、岡村を医者に運べ」

半兵衛は命じた。

「承知……」

半次は、気を失った岡村を音次郎に背負わせて医者に走った。

武家駕籠一行が駆け戻って来た。

半兵衛は見守った。

「殿……」

供侍たちは、主の水谷頼母たちが斬り殺されているのに気が付き、激しく狼狽えた。

「誰だ。誰が殿を斬った。おぬし、見たのか」

供侍たちは、半兵衛に詰め寄った。

「見た。だが、良いのかな。支配違いの町奉行所同心の私が首を突っ込んで

「……」

「なに……」

供侍たちは戸惑った。

「私が首を突っ込めば、事は目付から評定所《ひょうじょうしょ》の知る処となり、主家も只《ただ》では済まぬ……」

半兵衛は、供侍たちを冷たく見据えた。

供侍たちは動揺した。

「世の中には、私たちが知らん顔をした方が良い事もある。違うかな……」

半兵衛は、不敵な笑みを浮かべた。

供侍たちは言葉を失った。

「早々に死体を引き取り、何もかもを闇に葬《ほうむ》るのですな」

半兵衛は、冷徹に告げて踵を返した。

外濠を吹き抜けた風は、土埃を舞いあげて火除地の雑踏を揺らした。


その日の夜更け、岡村伝七郎は半兵衛が呼んだ娘のおゆりに看取られて息を引き取った。

半兵衛は、岡村が水谷頼母を見事に討ち果たした事をおゆりに告げた。
おゆりは、岡村の遺体に縋って泣いた。
薬種問屋『宝寿堂』正右衛門は、岡村伝七郎の遺体を知り合いの寺に葬った。
旗本水谷家は、頼母の死を急な病によるものと公儀に届け、一件を闇の彼方《かなた》に消した。

溜池に再び怪し火が浮かび、幾つもの連なりになって溜池沿いの道を進んだ。
見た者たちは、怪し火の連なりを狐の嫁入りだと囁き合った。
狐の嫁入りか……。
半兵衛は笑った。

第四話　半人前《はんにんまえ》

一

月番《つきばん》の北町奉行所は、朝から公事訴訟《くじそしょう》に来た者たちで賑わっていた。

臨時廻り同心の白縫半兵衛は、岡っ引の本湊の半次と下っ引の音次郎を表門脇の腰掛に待たせ、同心詰所に向かった。

吟味方与力の大久保忠左衛門と逢わない内に直ぐ見廻りに行く……。

半兵衛は、固い決心で同心詰所に入った。

「あっ、半兵衛さん……」

当番同心が声を掛けて来た。

「何だ、大久保さまか……」

半兵衛は、思わず身構えた。

「いえ。今朝方、こいつが門前にあったそうです」

当番同心は、一通の手紙を差し出した。

「えっ……」

半兵衛は、戸惑った面持ちで手紙を受け取り、表書きを見た。

表書きには、『白ぬい半兵えさま』と漢字交じりの女文字で書かれていた。

半兵衛は、手紙を裏に返した。

裏に差出人の名は書かれていなかった。

「何だ……」

半兵衛は戸惑った面持ちで封を切り、書状を読んだ。

書状には、『今夜亥《い》の刻《こく》、神田花《かんだはな》ぶさ町《ちよう》のしち屋角屋《かどや》に盗人《ぬすつと》のくもの文平《ぶんぺい》が押し込みます。どうか、おなわにしてください』と、書き記されていた。

「蜘蛛《くも》の文平……」

半兵衛は眉をひそめた。


神田明神の境内には、参拝客が行き交っていた。

半兵衛は、半次や音次郎と境内の茶店の縁台に腰掛け、老亭主に茶を頼んだ。

「いつもより早いですね。一息入れるの……」

音次郎は戸惑った。

「何かありましたか……」

半次は、半兵衛の顔色を読んだ。

「うむ。こいつが奉行所の門前にあったそうだ……」

半兵衛は、手紙を半次に渡した。

半次は受け取り、裏を返した。

「旦那宛に名無しの権兵衛《ごんべえ》ですか……」

半次は眉をひそめた。

「うむ。文字は女文字だ。ま、読んでみな」

「はい……」

半兵衛は、手紙を読み始めた。

「今夜、亥の刻、神田花房町《はなぶさちょう》の質屋角屋に蜘蛛の文平が押し込みます。どうか、お縄にしてください、ですか……」

半次は手紙を読んだ。

「盗賊の押し込みの垂れ込みですか……」

音次郎は眉をひそめた。

「うむ……」

半兵衛は頷いた。

「旦那、盗賊蜘蛛の文平一味に拘わる女に知り合い、いましたか……」

「そいつなのだが、心当たりはないのだ」

半兵衛は首を捻った。

「そうですか。ですが、旦那宛の垂れ込みの処をみると、少なくとも手紙を出した女は旦那を知っています……」

半次は読んだ。

「うむ……」

半兵衛は頷いた。

「お待たせしました」

老亭主が茶を持って来た。

「うん……」

半兵衛は茶を飲んだ。

「あの。蜘蛛の文平って盗賊、どんな野郎なんですかい……」

音次郎は、蜘蛛の文平を知らなかった。

「そうか。音次郎は知らないか……」

「はい……」

「蜘蛛の文平ってのは、関八州《かんはっしゅう》を荒らし廻っている盗賊でな。犯さず殺さず、押し込みに蜘蛛の糸を張るように入念な仕度をする真っ当な盗賊だと云われている……」

半兵衛は教えた。

「へえ、それで蜘蛛の文平ですか、随分と気取った盗賊ですね」

「ああ。だが、所詮《しょせん》は盗賊、他人《ひと》さまの物を盗むのを生業《なりわい》にした悪党だよ」

半兵衛は苦笑した。

「そうですよね」

音次郎は頷いた。

「ああ、江戸では滅多に押し込みをしなかったんだが……」

半兵衛は眉をひそめた。

「そいつが今夜、神田花房町の質屋の角屋に押し込みますか……」

半次は、微かな緊張を過ぎらせた。

「ま、手紙に書いてある事が本当ならな」

半兵衛は、手紙を見詰めた。

「本当だと信じられますか……」

「かと云って、嘘だとも云い切れぬ……」

「ええ。どうします」

半次は、半兵衛の出方を窺った。

「ま、無駄骨結構、本当か嘘か見極めるしかあるまい」

半兵衛は、亥の刻に神田花房町の質屋『角屋』を見張る事にした。

「分かりました。じゃあ、花房町の質屋角屋に行ってみますか……」

「うむ……」

半兵衛は、茶を飲み干して縁台から立ち上がった。

神田花房町は、神田川に架かっている筋違御門《すじかいごもん》の北詰にある。

質屋『角屋』は花房町の辻にあり、川風に暖簾を揺らしていた。

半兵衛は、質屋『角屋』を眺めた。

質屋『角屋』には、時々風呂敷包みを抱えた客が出入りしていた。

半兵衛は、質屋『角屋』の周囲を窺った。

質屋『角屋』の周囲には、様子を窺っている者や不審な行商人もいなかった。

蜘蛛の文平たち盗賊が、押し込みの仕度をしているような気配は窺えない。だが、蜘蛛の糸を張るように入念な仕度をする文平が、押し込みの日に見張りを出さない筈はないのだ。

見張りは何処かにいる筈だ……。

半兵衛は読んだ。

「旦那……」

半次と音次郎が、聞き込みから戻って来た。

「どうだ……」

「はい。近所の者にそれとなく聞き込んだのですが、質屋の角屋、かなり貯め込んでいるそうですよ」

「だろうね……」

「それで、家族は旦那夫婦と子供が三人、それに亡くなった先代の御内儀さんの六人。奉公人は通いの番頭と住み込みの手代や小僧、それに女中や下男がいますが、皆身許のはっきりした一年以上の奉公をしている者たちです」

半次は報せた。

「じゃあ、手引き役として奉公人に潜り込んでいる者はいないか……」

半兵衛は読んだ。

「きっと。で、角屋の周囲には……」

半次は尋ねた。

「私の見た処、蜘蛛の文平一味の盗賊と思われる者はいない」

「そうですか……」

「じゃあ、やっぱりがせなんですかね」

音次郎は眉をひそめた。

「音次郎、そう決め付けるのは、亥の刻が過ぎてからだ」

半兵衛は笑った。

「はい……」

音次郎は、喉を鳴らして頷いた。

「旦那、蜘蛛の文平に狙われている事、角屋には……」

「下手に報せて狼狽えられ、蜘蛛の文平に気付かれてはならない……」

「じゃあ……」

「ああ。半次、音次郎、見張りを頼む。私は密告の手紙をくれた女を捜してみる」

半兵衛は告げた。

神田川を行き交う船の櫓《ろ》の軋《きし》みが甲高《かんだか》く響いた。

北町奉行所に戻った半兵衛は、今迄《いままで》に扱った事件の覚書《おぼえがき》の埃《ほこり》を払って読み直した。

密告の手紙を書いた女は、文章筆跡から見て二十歳前後の町方の者であり、半兵衛に対して悪い感情は持っておらず、盗賊の蜘蛛の文平側にいる。

半兵衛は睨み、今迄に扱った事件の覚書の中に該当する若い女を捜した。だが、該当する若い女は、容易に浮かばなかった。

ならば、盗賊が起こした事件に拘わりのある若い女……。

半兵衛は、調べる範囲を絞った。

若い女は、半兵衛と拘わった盗賊の娘か妹なのかもしれない。

そのような者がいるか……。

半兵衛は、想いを巡らせた。

一人いた……。

半兵衛は、八年前に病の女房と二人の子供を抱えて食詰め、盗賊の押し込みの手伝いをした浪人を思い出した。

浪人は盗賊と一緒に押し込み、押し込み先の者を殺そうとした頭《かしら》を止めて争いになり、思わず斬り棄てた。そして、盗賊の手下たちに追われ、斬り合って深手《ふかで》を負った処を半兵衛に助けられたのだ。

半兵衛は、浪人の罪を問わずに放免した。

浪人は、半兵衛に深々と頭を下げて感謝をした。

その浪人には、当時十二歳の娘と九歳の倅の二人の子供がいた。

あれから八年が経ち、娘は二十歳になっている筈だ。

半兵衛は、当時の覚書を探した。そして、漸く見付け出した。

覚書には、山岸弥十郎《やまぎしやじゅうろう》と云う浪人の名前と住まいが書かれていた。

そうだ、浪人の名は山岸弥十郎であり、小舟町《こぶなちょう》の裏長屋に家族と暮らしていた……。

半兵衛は思い出した。

密告の手紙を書いたのは、その山岸弥十郎の娘なのかもしれない。

確かな証拠はなにもない……。

だが、漸く見付けた微かな手掛かりだ。

見定める……。

半兵衛は、八年前に山岸弥十郎が暮らしていた小舟町の裏長屋に向かった。


荒物屋の二階の部屋の窓からは、質屋『角屋』が見えた。

半次と音次郎は、荒物屋の二階の部屋を借りて窓から質屋『角屋』を見張った。

質屋『角屋』は間口も狭くて高い板塀に囲まれ、店内や母屋の様子は容易に窺う事は出来なかった。

半次と音次郎は、質屋『角屋』と訪れる者たちを見張った。だが、不審な者が現れる事はなかった。

「妙な野郎、現れませんね」

音次郎が焦《じ》れ始めた。

「ああ。ま、勝負は此からだ……」

半次は、窓から空を見上げた。

陽は西に傾き始めていた。

西堀留川の流れは緩く、西日が鈍く輝いて揺れていた。

半兵衛は、西堀留川に架かっている中之橋《なかのはし》を渡り、小舟町に入った。そして、小舟町一丁目に進み、古い長屋の前に佇んだ。

確か此の長屋だ……。

半兵衛は、見定めて長屋の木戸を潜った。

古い長屋の井戸端では、おかみさんたちが幼子を遊ばせながらお喋りをしていた。

「やあ。ちょいと邪魔をするよ」

半兵衛は、お喋りをしているおかみさんに声を掛けた。

「は、はい……」

おかみさんたちは、巻き羽織姿の半兵衛が町奉行所同心と気付き、緊張した面持ちで顔を見合わせた。

「此の長屋に山岸弥十郎って浪人が住んでいる筈なのだが、いるかな」

半兵衛は、中年のおかみさんに尋ねた。

「ああ、山岸の旦那なら住んでいましたけど、四年前に亡くなりましたよ」

中年のおかみさんは、山岸弥十郎一家を知っていた。

「亡くなった……」

山岸弥十郎は死んでいた。

「ええ……」

「そうか。山岸さんは亡くなったか……」

歳月は冷徹に流れていく……。

半兵衛は、山岸弥十郎を悼《いた》んだ。

「はい……」

「で、山岸さんには、病のおかみさんと娘と倅がいた筈だが……」

「ええ、おかみさんのおとみさん、山岸の旦那の弔《とむら》いを終えて直ぐに後を追いましてね」

「後を追った……」

「ええ。長患いで寝込んでいたおとみさん、きっと精《せい》も根《こん》も尽き果てたんでしょうね」

中年のおかみさんは、おとみに同情した。

「そうか。して、娘と倅はどうしたのかな」

「おかよちゃんと弥一《やいち》ちゃんですか……」

「うん……」

「おかよちゃんは通いで奉公していたお店を辞めて、弥一ちゃんを連れて出て行きましたよ」

「そうか……」

浪人の山岸弥十郎一家は、四年前に二親が病死し、おかよと弥一の二人の子供も長屋から出て行っていた。

「山岸の旦那とおとみさん、良い人だったたし、おかよちゃんと弥一ちゃんも良い子だったのにねえ……」

中年のおかみさんは、山岸一家を哀れみ懐かしんだ。

「じゃあ、娘のおかよ、何処に奉公していたのか、知っているかい……」

「四年前迄は、確か鍛冶町《かじちょう》の山城屋《やましろや》って呉服屋《ごふくや》に奉公していましたよ」

「鍛冶町の呉服屋の山城屋か……」

半兵衛は、中年のおかみさんたちに礼を云って神田鍛冶町に急いだ。

神田花房町の質屋『角屋』は、夕陽に照らされた。

半次と音次郎は、荒物屋の二階から見張り続けた。

「親分……」

窓辺にいた音次郎は、緊張した声で半次を呼んだ。

「どうした……」

半次は、窓の傍に寄った。

「あの野郎共……」

音次郎は、質屋『角屋』の前に佇んで辺りを見廻《みまわ》している半纏《はんてん》を着た男と若い浪人を示した。

「角屋の周りを一廻りして来ましたぜ」

音次郎は眉をひそめた。

「蜘蛛の文平の一味か……」

「きっと。角屋の様子を窺いに来たんですよ」

音次郎は読んだ。

「うん……」

半次は、音次郎の読みに頷いた。

半纏を着た男と若い浪人は言葉を交わした。

そして、半纏を着た男が若い浪人を残して神田川に向かった。

「親分……」

「よし。行き先を突き止めろ」

「合点《がってん》です」

音次郎は、素早く階段を駆け降りて行った。

半次は、残った若い男を見張った。

若い浪人は、落ち着かない様子で辺りを見廻していた。

未だ十七、八歳だ……。

半次は睨んだ。


神田川沿いの道には、仕事仕舞いをした人足《にんそく》や職人が行き交い始めた。

音次郎は、神田川沿いの道に出て辺りに半纏を着た男を捜した。

半纏を着た男は、昌平橋に向かっていた。

音次郎は追った。

半纏を着た男は、昌平橋の下の船着場に降りて行った。

音次郎は走った。

半纏を着た男は、船着場で待っていた猪牙舟《ちよきぶね》に乗り込んだ。

船頭は、半纏を着た男を乗せて猪牙舟を船着場から離した。

音次郎は、船着場に駆け下りて来た。

半纏を着た男を乗せた猪牙舟は、大川に向かって進んでいた。

猪牙か……。

音次郎は焦った。

「音次郎……」

船宿『笹舟』の勇次が、猪牙舟を操《あやつ》って昌平橋の下を来た。

「あっ。勇次の兄貴……」

「乗んな」

「ありがてえ……」

音次郎は、勇次の操る猪牙舟に乗った。

「半纏の野郎を乗せた猪牙だな」

「はい……」

音次郎は、嬉しげに頷いた。

勇次は、半纏を着た男の乗った猪牙舟を追った。

二

夕暮れ時。

神田鍛冶町の呉服屋『山城屋』は客足も途絶え、奉公人たちが店仕舞いを始めていた。

半兵衛は、呉服屋『山城屋』の店先の掃除をしていた老下男に声を掛けた。

「は、はい……」

老下男は、町奉行所同心に声を掛けられて微かに緊張した。

「ちょいと尋ねるが、四年前迄、通いの女中をしていたおかよと云う娘を知っているか……」

半兵衛は笑い掛けた。

「えっ。おかよちゃんですか……」

老下男は、おかよを知っていた。

「うん。知っているね」

「はい。お役人さま、おかよちゃんが何か……」

老下男は白髪眉をひそめた。

「四年前、二親《ふたおや》が病で亡くなり、此処《ここ》を辞めたそうだね」

半兵衛は尋ねた。

「はい。働き者の真面目な娘でしてね、旦那さまや御内儀さまにも可愛がられていたんですがね」

「おかよ、何故に辞めたのかな……」

半兵衛は尋ねた。

「さあ……」

老下男は首を捻った。

「そうか。知らないか……」

「はい。何があったのか分かりませんが、急に辞めると云い出して……」

「急に辞めたのか……」

「はい……」

老下男は頷いた。

「ならば、おかよが働いていた頃、弥一と云う弟が訪ねて来なかったかな」

「ええ。時々来ていましたよ、弟。薄汚れた着物と袴《はかま》で……」

老下男は眉をひそめた。

弟の弥一は、浪人の形《なり》をしていた。

どんな暮らしをしているのだ……。

半兵衛は眉をひそめた。

おかよが呉服屋『山城屋』を急に辞めたのは、弟の弥一に拘わりがあるのかもしれない。

半兵衛は読んだ。

「で、おかよは山城屋を辞めてどうしたのかな……」

「さあ、そこ迄は……」

「分からないか……」

「はい」

「よし。ならば、旦那に北町奉行所の白縫半兵衛が逢いたいと、取り次いで貰おうか……」

半兵衛は微笑んだ。

夕陽は沈み掛けていた。

本所竪川《たてかわ》は夕陽に染まっていた。

派手な半纏を着た男を乗せた猪牙舟は、神田川から大川に出た。そして、大川を横切り、夕陽を背にして本所竪川に入った。

勇次の漕《こ》ぐ猪牙舟は、音次郎を乗せて音もなく続いた。

派手な半纏を着た男を乗せた猪牙舟は、竪川から深川六間堀《ふかがわろっけんぼり》に曲がった。

六間堀は、本所竪川と深川小名木川《おなぎがわ》を南北に結んでいる掘割だ。

派手な半纏を着た男を乗せた猪牙舟は、深川六間堀に架かっている北《きた》ノ橋《はし》の船着場に船縁《ふなべり》を寄せた。

「派手な半纏の野郎、降りるぜ」

「はい……」

音次郎は、緊張に喉を鳴らした。

勇次は、猪牙舟を岸辺に素早く寄せた。

「じゃあ……」

音次郎は、勢い良く岸辺に飛び付いて堀端によじ上った。

音次郎は、堀端の物陰に隠れた。

派手な半纏を着た男が、船着場からあがって来た。そして、真向かいの北森下《きたもりした》町《ちょう》にある店に入った。

音次郎は、派手な半纏を着た男の入った店に駆け寄った。

店は既に大戸が閉められ、潜り戸から出入りをしていた。

音次郎は、明かりの灯された軒行燈《のきあんどん》を見た。

軒行燈には、『旅籠弥勒屋《みろくや》』と書かれていた。

屋号の謂《いわ》れは、おそらく六間堀と結ぶ五間堀沿いに萬徳山弥勒寺《まんとくざんみろくじ》があるからだ。

音次郎は読んだ。

神田花房町の質屋『角屋』は、暖簾を仕舞って大戸を閉めた。

半次は、荒物屋の二階から見守っていた。

若い浪人は、質屋『角屋』の見える路地にしゃがみ込んでいた。

下手な見張りだ……。

半次は苦笑した。

「やあ……」

半兵衛が、羽織を手にして階段を上がって来た。

「旦那……」

半次は、見張り場所を知らない半兵衛が現れたのに戸惑った。

「亥の刻迄、角屋を見張るのに一番良い場所を探したら此の荒物屋《あらものや》しかなくてね。裏口から来たんだよ」

半兵衛は、事も無げに告げた。

「そうですか……」

半次は、半兵衛の読みに感心した。

「で、どうだ……」

「はい。夕方、派手な半纏を着た野郎と若い浪人が現れ、角屋を窺っていましてね」

「蜘蛛の文平の手下か……」

半兵衛は眉をひそめた。

「きっと。どうやら押し込み、本当ですね」

半次は睨んだ。

「うん。で、派手な半纏を着た男と若い浪人は……」

「派手な半纏を着た野郎、若い浪人を見張りに残して行きましてね。音次郎が追いました」

「そうか……」

「で、旦那、密告の手紙の主は分かりましたか……」

「うん。それらしい娘は浮かんだのだが、今何処にいるのか分からなくてね」

おかよが呉服屋『山城屋』を辞めてどうするかは、山城屋の旦那も聞いていなかった。

「未だはっきりしませんか……」

「ああ。で、見張りに残った若い浪人ってのは、何処だ……」

半兵衛は、窓から暗い通りを窺った。

「はい。あの路地の入口にしゃがみ込んでいます」

半次は、若い浪人のいる路地を示した。

若い浪人は、路地の入口にしゃがみ込んで不安げに辺りを見廻していた。

「何だか怯えているようだね」

「はい。未だ十七、八歳ぐらいですからね」

半次は苦笑した。

十七、八歳の浪人……。

盗賊蜘蛛の文平一味の若い浪人は、死んだ浪人の山岸弥十郎の倅でおかよの弟の弥一なのかもしれない。

もしそうだとしたなら、おかよは弟の弥一に盗賊の一味として押し込みをさせたくなくて、半兵衛に秘かに報せたのかもしれない。

半兵衛は読んだ。

階段を上がってくる足音がした。

「音次郎が戻って来たようです」

半次は告げた。

「いや。音次郎じゃあない」

半兵衛は、階段を上がって来る足音に音次郎にはない落ち着きと慎重さを感じた。

「えっ……」

「お邪魔しますぜ。半兵衛の旦那、半次……」

岡っ引の柳橋の弥平次が現れた。

「こりゃあ柳橋の親分……」

半次は戸惑った。

「やあ、柳橋の……」

半兵衛は迎えた。

「うちの勇次が、音次郎と深川六間堀は北森下町の弥勒屋と云う旅籠を見張っているとて報せて来てね」

弥平次は告げた。

「勇次が……」

半次は戸惑った。

「ああ。勇次、追っていた派手な半纏の野郎が神田川で猪牙に乗って困っていた音次郎と偶々《たまたま》出逢い、猪牙に乗せて追ったそうだ」

弥平次は告げた。

「そいつは造作を掛けました」

半次は頭を下げた。

「いや。御贔屓《ごひいき》の御隠居を送った帰りの勇次と出逢い、何よりだ。で、半次が此処にいると聞いてな」

弥平次は笑った。

「北森下町の旅籠の弥勒屋か……」

半兵衛は眉をひそめた。

「ええ。ひょっとしたら蜘蛛の文平たち盗賊の宿かも……」

弥平次は、音次郎が勇次に説明した事を聞いたようだ。

「うむ……」

半兵衛は頷いた。

「旦那、どうします……」

半次は、半兵衛の出方を窺った。

「うむ。こうなったら押し込みを待つより、先手を打って弥勒屋に踏み込んだ方が良さそうだな」

半兵衛は笑った。

「はい……」

半次は頷いた。

「だが、難しいのは、見張っている若い浪人の始末だ」

半兵衛は、若い浪人が密告して来た娘と拘わりがあるかもしれない事を教えた。

「じゃあ旦那は、あの若い浪人を……」

「密告して来た娘と拘わりがあるなら、助けてやりたいものだ」

「先にお縄にすれば、蜘蛛の文平の居場所を吐いた裏切り者と思われますか……」

弥平次は、半兵衛の腹の内を読んだ。

「うむ。蜘蛛の文平と一味の者を残らず捕えられれば良いのだが……」

蜘蛛の文平一味が何人いるのかも分からない今、一人残らず捕縛《ほばく》するのは至難の業《わざ》だ。

半兵衛は迷った。

「じゃあ旦那、先《ま》ずは今夜の蜘蛛の文平の押し込みを止めさせ、じっくりと攻めちゃあ如何《いかが》ですか……」

弥平次は提案した。

「ええ。その方がこっちもいろいろ仕度が出来ます」

半次は、弥平次の提案に乗った。

「よし。じゃあ、そうするか……」

半兵衛は決めた。

深川北森下町の旅籠『弥勒屋』には、大戸を下ろしてからも様々な男が訪れていた。

音次郎と勇次は見張った。

「音次郎、こいつはやっぱり盗人宿《ぬすっとやど》だぜ」

勇次は読んだ。

「じゃあ、中に蜘蛛の文平がいるんですかい」

「きっとな。で、亥の刻に花房町の質屋の角屋に押し込む仕度をしている筈だ」

「勇次の兄貴、じゃあ半兵衛の旦那と半次の親分に……」

「心配するな。半兵衛の旦那と半次の親分は、うちの親分から聞いてとっくに気が付いているよ」

勇次は笑った。

「それはそうですね……」

音次郎は頷いた。

夜の神田花房町に大戸を叩く音が響いた。

半兵衛は、弥平次と共に質屋『角屋』の大戸を叩いた。

「は、はい。只今《ただいま》……」

質屋『角屋』の店内から怯えた声がした。

「戸を開けろ、北町奉行所の者だ……」

半兵衛は告げた。

弥平次は、若い浪人の潜んでいる路地をそれとなく窺った。


若い浪人は驚き、路地に潜んだ。

蜘蛛の文平お頭の押し込みが役人に知れた……。

若い浪人は気が付いた。

此のまま押し込めば、お縄になるのだ。

お頭に報せなければ……。

若い浪人は焦り、町方同心と岡っ引の様子を窺った。

町方同心と岡っ引は、質屋『角屋』の潜り戸から顔を出した手代と話し始めた。

今だ……。

若い浪人は、路地を出て逃げた。

半次が、暗がりから現れて追った。

弥平次は、半次が逃げた若い浪人を追ったのに気が付いた。

狙い通りだ……。

弥平次は、笑みを浮かべて辺りを見廻した。

離れた暗い辻に人影が隠れた。

女……。

弥平次は気が付いた。

「旦那……」

「どうした」

「女が……」

弥平次は、離れた暗い辻を示した。

「女……」

半兵衛は眉をひそめた。

「ええ……」

弥平次は頷いた。

密告の手紙を寄越した若い女が、押し込みの様子を窺いに来たのかもしれない。

「柳橋の。角屋の旦那を頼む」

「承知しました」

半兵衛は、質屋『角屋』の旦那を弥平次に任せ、暗がり伝いに路地に入った。

そして、女がいたと云う離れた暗い辻に走った。

女は、神田川沿いの道を昌平橋に向かっていた。

半兵衛は、暗がり伝いに尾行《つけ》た。

その足取りと身のこなしから見て若い女……。

半兵衛は見定めた。

若い女は、盗賊蜘蛛の文平の押し込みがどうなるか見定めに来たのだ。

半兵衛は読んだ。

若い女は、神田川に架かっている昌平橋を渡らず、明神下《みょうじんした》の通りに曲がった。

何処に行く……。

半兵衛は尾行した。

若い浪人は、神田川沿いの道を大川に向かっていた。

半次は尾行た。

若い浪人は、尾行を警戒する余裕もないのか、振り向きもせず足早に進んでいた。

睨み通り、若い浪人が盗賊蜘蛛の文平の一味なら、行き先は深川北森下町の旅籠『弥勒屋』の筈だ。

半次は読んだ。

両国広小路《りょうごくひろこうじ》に出て、大川に架かる両国橋を渡ると本所だ。そして、本所竪川沿いを東に進むと六間堀に出る。

その六間堀の傍の深川北森下町に旅籠『弥勒屋』はあった。

若い浪人は急いだ。

半次は追った。

三

妻恋坂は月明かりに照らされていた。
若い女は、明神下の通りから妻恋坂を上《のぼ》った。
半兵衛は追った。
若い女は、妻恋坂を上がった処にある妻恋稲荷に入った。
半兵衛は、入口の暗がりから妻恋稲荷の境内を窺った。
若い女は、拝殿《はいでん》に手を合わせていた。
半兵衛は見守った。
若い女は、妻恋稲荷の参拝を終えて振り返った。
半兵衛が佇んでいた。
若い女は怯んだ。
「やあ……」
半兵衛は笑い掛けた。
「お前さんだね。蜘蛛の文平の押し込みを報せてくれたのは……」

「じゃあ……」

若い女は、半兵衛を見詰めた。

「うん。私が北町奉行所の白縫半兵衛だよ」

「し、白縫さま……」

若い女は、半兵衛を見詰めた。

「良く報せてくれたね。お陰で角屋のみんなは助かった。礼を云うよ」

半兵衛は、僅かに頭を下げた。

「いえ。そんな……」

若い女は狼狽えた。

狼狽えたのは、若い女が半兵衛に手紙を書いた者の証《あかし》だった。

「そいつは、蜘蛛の文平一味の使いっ走りをしている弟に押し込みをさせ、本当の盗賊にしたくないからかな……」

半兵衛は読んでみせた。

「し、白縫さま……」

おかよは、半兵衛の的を射た読みに微かに怯んだ。

「山岸弥十郎の娘のおかよだね」

半兵衛は念を押した。

「はい。私は山岸かよにございます。白縫さま、弟の、弟の弥一が盗賊の罪を犯さない内にお縄にして下さい。お縄にして性根を直して下さい。お願いです」

おかよは、涙を零して半兵衛に頼んだ。

「おかよ……」

「弥一は、父と母が亡くなった時、未だ十三歳でした。私は神田鍛冶町の呉服屋に女中奉公をしていたのですが、湯島天神門前にある料理屋に奉公替えし、弥一と妻恋町のお稲荷長屋に越しました」

「奉公替えをしたのは、給金が良かったからかな」

「はい。弥一と二人で暮らしていくには、呉服屋の給金では、とても……」

おかよは、十三歳の弥一と二人で暮らしていける給金を稼ぐ為、呉服屋『山城屋』を辞めて料理屋に奉公替えをしたのだ。

「そうか……」

「そして、弥一も奉公に出るようになったのですが……」

おかよは、哀しげに俯いた。

「上手くいかなかったのか……」

「はい。食詰め浪人の倅だなどと馬鹿にされ、直ぐに喧嘩になって。それで幾つもの仕事をしたのですが、いつの間にか酒を飲み、賭場《とば》に出入りするようになり……」

おかよは、涙を零した。

「盗賊とも付き合うようになったか……」

半兵衛は読んだ。

「はい。そして、蜘蛛の文平一味の者と……」

おかよは、すすり泣いた。

「で、質屋角屋の押し込みを知り、弥一が盗賊になるのを何とか食い止めようと、亡くなった父上と拘わりのあった私に報せたか……」

「はい。弥一を盗賊にしては、亡くなった二親に合わせる顔がありません。白縫さま、どうか、弟の弥一が盗賊の罪を犯さない内にお縄にして下さい。お願いです」

おかよは、半兵衛に深々と頭を下げた。

「おかよ、良く分かった。悪いようにはしないつもりだよ」

半兵衛は微笑んだ。

深川六間堀には月影が映えていた。

若い浪人は、六間堀に架かっている北ノ橋を駆け渡り、旅籠『弥勒屋』の潜り戸を小さく叩いた。

潜り戸が開き、若い浪人は旅籠『弥勒屋』に入った。

勇次と音次郎は見届けた。

「あいつ、質屋の角屋の見張りに残った野郎ですぜ」

音次郎は気が付いた。

「角屋に何かあったのかな」

勇次は眉をひそめた。

「あそこが旅籠の弥勒屋か……」

半次がやって来た。

「親分……」

音次郎と勇次は迎えた。

「やあ、勇次。いろいろ世話になるね」

「いいえ。それより半次の親分、何かあったんですかい……」

「ああ。取り敢えず今夜の押し込みを止めさせ、蜘蛛の文平をゆっくり始末する事にしたよ」

半次は、事の次第を勇次と音次郎に教えた。

行燈の火は座敷を照らしていた。

「何だと、町奉行所の同心と岡っ引らしい男が角屋に来ただと……」

蜘蛛の文平は、頰の削《そ》げた顔に険《けわ》しさを浮かべて若い浪人を見据えた。

「はい。ひょっとしたら押し込みに気付かれたのかもしれません」

若い浪人は告げた。

「山岸、そいつは間違いねえんだな」

小頭《こがしら》の甚八《じんぱち》は、山岸と呼んだ若い浪人に念を押した。

「はい……」

「お頭……」

山岸は頷いた。

「うむ。何《いず》れにしろけち
が付いたんだ。今夜の角屋の押し込みは取り止めだ」

蜘蛛の文平は、険しい面持ちで派手な半纏を着た万助《まんすけ》たち手下に告げた。

「みんな、聞いての通りだ。今夜は酒でも飲んで休んでくれ」

小頭の甚八は一味の者たちに命じた。

万助たち手下は頷き、返事をして座敷から出て行った。

「甚八、お前は万助と角屋の様子を見て来な」

蜘蛛の文平は、小頭の甚八と万助に命じた。

「承知しました。じゃあ……」

小頭の甚八と手下の万助は、旅籠『弥勒屋』を出て行った。

「御苦労だったな、山岸……」

「いいえ……」

「お前が角屋を見張っていた時、何か変わった事はなかったか……」

文平は、山岸を見据えた。

「変わった事ですか……」

山岸は戸惑った。

「ああ。角屋を見張っているような奴がいたとか……」

「さあ、いなかったと思いますが……」

「そうか。じゃあ、万助の様子はどうだった」

「万助の兄貴ですか……」

「ああ。お前を角屋の見張りに残して此処に戻って来たそうだが、誰かと一緒だったって事はなかったか……」

「なかったと思いますが……」

山岸は首を捻った。

「そうか……」

「お頭……」

「山岸、町奉行所の同心たちは、どうして俺たちの押し込みに気が付いたのかな」

文平は、狡猾《こうかつ》な薄笑いを浮かべた。

「まさか、垂れ込んだ奴が……」

山岸は戸惑った。

「ああ、裏切者がいるかもしれねえ……」

文平は、冷酷さを滲ませた。

「裏切者……」

山岸は眉をひそめた。

行燈の火が不安げに瞬いた。

中年の男と派手な半纏を着た男は、足早に出掛けて行った。

「音次郎、おそらく角屋の様子を見に行くんだろう。後を追って見届けろ」

「はい……」

音次郎は、中年の男と派手な半纏を着た男の後を追った。

「さあて、弥勒屋に蜘蛛の文平と一味の者共が何人いるのかな」

「先ずはそいつからですね」

半次と勇次は、旅籠『弥勒屋』を見張った。

六間堀に映えた月影は揺れた。

神田花房町の質屋『角屋』は、大戸を閉めて静まり返っていた。

半兵衛と弥平次は、荒物屋の二階の部屋から見張っていた。

「半兵衛の旦那、弥平次の親分……」

音次郎が上がって来た。

「おう。どうした……」

「蜘蛛の文平一味の奴らが角屋の様子を見に来ます」

音次郎は報せた。

半兵衛と弥平次は、窓の外を窺った。

蜘蛛の文平一味の小頭甚八と派手な半纏を着た万助は、暗がりに潜んで質屋『角屋』を窺った。

質屋『角屋』の大戸の隙間からは、明かりが洩れていた。

「明かりが洩れていますぜ」

万助は眉をひそめた。

「ああ。町奉行所の奴らが待ち構えていやがるんだ」

小頭の甚八は睨んだ。

「ええ……」

万助は喉を鳴らした。

「よし、長居は無用だ……」

甚八と万助は、暗がりから駆け去った。

半兵衛と弥平次は、荒物屋の二階の窓から見送った。

「どうやら、押し込みは無理だと見届けたようだな……」

半兵衛は睨んだ。

「ええ……」

弥平次は頷いた。

「よし。じゃあ音次郎、旅籠の弥勒屋に行くよ」

「はい……」

「じゃあ旦那、あっしは幸吉たちを連れて後から行きます」

弥平次は告げた。

「ああ、面倒を掛けるね。そうして貰ったら大助かりだ。ではな……」

半兵衛は、音次郎を従えて深川北森下町に向かった。


夜明け。

半兵衛は、深川北森下町の旅籠『弥勒屋』を監視下に置いた。

旅籠『弥勒屋』表は、半兵衛、弥平次、由松、勇次が見張り、裏は半次、音次郎、幸吉、雲海坊が固め、出入りする者を検《あらた》めた。

「蜘蛛の文平、角屋の押し込み、どうするつもりですかね」

弥平次は眉をひそめた。

「うむ。けちが付いたってんで流してしまうか、日を変えてやるか。何れにしろ暫くは大人しくして熱《ほとぼり》が冷めるのを待つのだろうな」

半兵衛は読んだ。

「じゃあ、呼び集めた手下共を一度、帰しますか……」

弥平次は睨んだ。

「うむ。踏み込むにしても、一味の人数が分からない事にはね」

半兵衛は眉をひそめた。

「旦那、親分……」

勇次が囁いた。

半兵衛と弥平次は、旅籠『弥勒屋』を見た。

旅籠『弥勒屋』の潜り戸が開き、二人の旅姿の男が番頭らしき男に見送られて出て来た。

「蜘蛛の文平一味の盗賊ですぜ」

由松は睨んだ。

「うむ。押し込みが止めになったので、一度、塒《ねぐら》に帰るのだろう」

半兵衛は頷いた。

二人の旅人は、番頭に見送られて六間堀に架かっている北ノ橋に向かった。

「どうします……」

弥平次は、半兵衛の指示を仰いだ。

「よし。奴らを締め上げて、弥勒屋にいる人数を吐かせるか」

「そいつは良いですね」

弥平次は頷いた。

「由松、一緒に来てくれ」

「承知……」

由松は、笑みを浮かべて頷いた。

半兵衛と由松は、二人の旅人を追った。

北ノ橋を渡った二人の旅人は、そのまま公儀《こうぎ》御舟蔵《おふなぐら》の傍に出て本所竪川に向かった。

半兵衛と由松は追った。

夜が明けたばかりの町は、行き交う人も少なかった。

二人の旅人は、本所竪川に架かっている一《ひと》つ目之橋《めのはし》に差し掛かった。

辺りに人気《ひとけ》はない……。

「行くよ……」

半兵衛は、地を蹴って二人の旅人に襲い掛かった。

由松は、捕物道具の角手《かくて》を素早く指に嵌《は》めて続いた。

「な、何だ……」

二人の旅人は驚き、激しく狼狽えた。

半兵衛は、一人の旅人の鳩尾《みぞおち》に拳《こぶし》を鋭く叩き込んだ。

旅人は呻き、気を失ってその場に崩れた。

残る旅人は、慌てて匕首を抜いた。

「神妙にしな」

由松は、残る旅人の匕首を握った手の手首を角手を指に嵌《は》めた手で握り締めた。

角手の内側に付いている鋭い爪が、匕首を握る手の手首に突き刺さった。

残る旅人は、悲鳴を上げて匕首を落とした。

由松は、残った旅人を捻り倒して捕り押さえた。

「剃刀久蔵《かみそりきゆうぞう》仕込みの角手か。鮮やかなもんだ」

半兵衛は感心した。

「いいえ……」

由松は照れた。

捕り押さえられた旅人の手首から血が滴《したた》り落ちた。

本所元町《もとまち》の自身番は、竪川に架かる一つ目之橋を渡り、両国橋に進んだ処にあった。

半兵衛と由松は、二人の旅人を元町の自身番に引き立て、板の間の板壁の鉄環《かなわ》に固く繋いだ。

「お役人、俺たちが何をしたって云うんだ」

二人の旅人は抗った。

「お前たちが蜘蛛の文平一味の盗賊だってのは知れているんだよ」

半兵衛は笑った。

二人の旅人は怯んだ。

「さあて、此から訊く事に素直に答えてくれれば良し。答えなければ獄門《ごくもん》だよ」

半兵衛は告げた。

「旦那の云う事を聞くのが身の為だぜ」

由松は、面白そうに笑った。

二人の旅人は、顔を見合わせて項垂れた。

「さあて、旅籠の弥勒屋には盗賊蜘蛛の文平がいるな」

半兵衛の尋問が始まった。

「はい……」

二人の旅人は頷いた。

「文平の他には……」

「小頭の般若《はんにゃ》の甚八たちがいます」

「人数は……」

「五人ですか……」

二人の旅人は、思い出すように告げた。

「頭の蜘蛛の文平を入れて六人か……」

「あ、それに使い走りの浪人の餓鬼《がき》がいますから、七人です」

使い走りの浪人の餓鬼とは、おかよの弟の山岸弥一なのだ。

「その七人にお前たち二人の九人で、神田は花房町の質屋の角屋に押し込む手筈《てはず》だったのか」

半兵衛は、厳しい面持ちで尋ねた。

「は、はい……」

二人の旅人は頷いた。

「して、蜘蛛の文平、角屋の押し込み、どうするつもりだ」

「熱を冷ましてからだと……」

「何れはやるつもりか……」

「はい……」

蜘蛛の文平は、執念深い盗賊なのだ。

「旅籠の弥勒屋には、頭の蜘蛛の文平を入れて七人……」

半兵衛は眉をひそめた。

「ええ。こっちは八人。それに他にも弥勒屋を出る奴がいる筈です」

由松は読んだ。

「そいつを捕まえて人数を減らすか……」

「はい。念の為に……」

由松は頷いた。

「よし……」

半兵衛は、不敵な笑みを浮かべた。

四

旅籠『弥勒屋』は、朝になっても大戸を開ける事はなかった。

半兵衛は、捕えた二人の盗賊を大番屋に送り、旅籠『弥勒屋』に戻った。

「残るは蜘蛛の文平を入れて七人ですか……」

弥平次は眉をひそめた。

「うむ。角屋の押し込みが、熱を冷まして仕切り直しになったからには、これからも何人かは弥勒屋から出て行く筈だ」

半兵衛は読んだ。

「そいつらもお縄にしますか……」

「ああ。文平はそいつらが弥勒屋に戻らなくても、塒に帰ったと思い、お縄になったとは思わないからね」

「ええ……」

「半兵衛の旦那……」

音次郎が、裏手から駆け寄って来た。

「どうした」

「裏口から船頭と行商人が出て来ました」

「船頭と行商人……」

船頭と行商人が、旅籠『弥勒屋』の裏から出て来て北ノ橋の下の船着場に向かった。

半次が追って来た。

「旦那……」

「うん。勇次、猪牙を頼む」

「はい」

「半次、音次郎、一緒に来い。柳橋の、此処を頼むよ」

「お任せを……」

弥平次は頷いた。

「よし……」

半兵衛は、半次、音次郎、勇次と船着場に走った。

行商人を乗せた猪牙舟は、船頭に操られて深川小名木川に向かっていた。

勇次は、半兵衛、半次、音次郎を猪牙舟に乗せて追った。

深川小名木川は、本所竪川と並行して東に続き、下総行徳《しもうさぎょうとく》の塩を運ぶ為に造られた川だ。

行商人を乗せた猪牙舟は、小名木川を東に進んだ。

半兵衛、半次、音次郎を乗せた勇次の猪牙舟は、一定の距離を保って追った。

行商人を乗せた猪牙舟は、新高橋《しんたかばし》を潜って交差する横川《よこかわ》を抜けて進んだ。

辺りには大名家の下屋敷が連なり、やがては深川十万坪《ふかがわじゅうまんつぼ》などの田畑が広がっていた。

行商人を乗せた猪牙舟は、横十間川《よこじっけんがわ》との交わりを南に曲がった。

勇次は、半兵衛、半次、音次郎を乗せた猪牙舟の船足《ふなあし》を上げた。

横十間川は広い田畑の中で、様々な流れに分かれた。

行商人を乗せた猪牙舟は、砂村新田《すなむらしんでん》の傍を流れる小川を進み、小さな船着場に船縁を寄せた。
行商人は、猪牙舟から船着場に降りた。
勇次の漕ぐ猪牙舟が、背後から突き進んだ。
音次郎と半次が船着場に飛び、行商人に襲い掛かった。
半兵衛は、停まっていた猪牙舟に乗り込んで船頭を押さえた。
「蜘蛛の文平一味の者だね」
「煩せえ……」
船頭は、竹竿《たけざお》で半兵衛に殴り掛かった。
半兵衛は、竹竿を受け止めて小脇に抱えて捻った。
船頭は、転がるように小川に落ちた。
勇次は、竹竿で小川に落ちた船頭を激しく殴り、鋭く突いた。
船頭は殴られ突かれ、水飛沫を煌めかせた。
行商人は、背負っていた荷物から長脇差を出して振り廻した。
音次郎は、行商人に背後から飛び掛かった。
行商人は動きを封じられた。
半次は、行商人の長脇差を握る腕を十手で滅多打ちにした。

行商人は、悲鳴をあげて長脇差を落とした。

音次郎は、行商人を突き飛ばした。

行商人は、前のめりに倒れ込んだ。

音次郎は、倒れた行商人に馬乗りになって十手で猛然と殴った。

捕物での情け容赦《ようしゃ》は大怪我の元、下手をすれば命取りになる。

勇次や音次郎は、弥平次や半次から厳しく仕込まれていた。

行商人は気を失った。

「よし、そのぐらいにしな……」

半兵衛は苦笑した。


残るは頭の蜘蛛の文平、小頭の甚八、旅籠『弥勒屋』の番頭に扮している男、派手な半纏を着た万助、浪人の山岸弥一の五人……。

「後二人ぐらい何とかしたいですね」

弥平次は、眼を細めて旅籠『弥勒屋』を眺めた。

旅籠『弥勒屋』は大戸を閉めたままだった。

「いや。もう良いだろう。踏み込むよ」

半兵衛は、事も無げに告げた。

「分かりました……」

半兵衛が無謀な真似をする筈はない、勝算があるからやるのだ。

弥平次は頷いた。

「音次郎、踏み込む。裏にいる半次たちに報せて一緒に踏み込め」

半兵衛は命じた。

音次郎は、裏にいる半次、幸吉、雲海坊に報せに走った。

半兵衛は、弥平次、由松、勇次と旅籠『弥勒屋』に表から踏み込むと決めた。

「行くよ」

半兵衛は、旅籠『弥勒屋』に向かった。

弥平次、由松、勇次が続いた。

由松と勇次は、旅籠『弥勒屋』の潜り戸を蹴破《けやぶ》った。

半兵衛は、素早く踏み込んだ。

旅籠『弥勒屋』の店土間は薄暗かった。

奥から番頭と派手な半纏を着た万助が、血相を変えて飛び出して来た。

「盗賊蜘蛛の文平の一味の者だね」

半兵衛は念を押した。

「煩せえ……」

番頭と万助は、長脇差と匕首を抜いて半兵衛に襲い掛かった。

半兵衛は、僅かに腰を沈めて刀を閃《ひらめ》かせた。

番頭と万助は、脚を斬られて店土間に転がった。

見事な田宮流抜刀術《たみやりゅうばっとうじゅつ》だった。

由松と勇次が、転がった番頭と万助を蹴り飛ばして長脇差と匕首を奪い、素早く縄を打った。

半兵衛は、店土間から奥の居間に進んだ。

居間には蜘蛛の文平と小頭の甚八、そして山岸弥一がいた。

「やあ。蜘蛛の文平、北町奉行所の白縫半兵衛だ。神妙にお縄を受けるんだね」

半兵衛は笑い掛けた。

「手前……」

文平は削げた頬を引《ひ》き攣《つ》らせ、憎悪に燃える眼で半兵衛を睨み付けた。

半次、幸吉、雲海坊、音次郎が裏から踏み込んできた。

「畜生……」

小頭の甚八が、長脇差を振り翳して半次たちに斬り掛かった。

雲海坊が、横手から甚八の足を錫杖《しゃくじょう》で打ち払った。

足を打ち払われた甚八は、宙に浮いて尻から落ちた。

甚八は悲鳴をあげた。

半次と幸吉が十手で殴り、音次郎が素早く縄を打った。

「此迄《これまで》だな文平……」

半兵衛は、文平に笑い掛けた。

「誰だ。誰が角屋の押し込みを垂れ込んだ。誰が裏切ったんだ」

文平は怒声をあげた。

「文平、天網恢々疎《てんもうかいかいそ》にして洩らさず。所詮《しょせん》は盗賊、義理も人情もない外道の集まり、裏切者が誰かなど、野暮《やぼ》な事を云うんじゃあない」

半兵衛は苦笑した。

「くそっ……」

文平は、背後で刀を小刻みに震わせていた山岸を半兵衛に突き飛ばした。

半兵衛は、突き飛ばされて来た山岸を咄嗟《とつさ》に躱《かわ》した。

山岸は、壁に激しく当たって倒れた。

文平は、裏口に逃げた。

「待ちやがれ」

半次、幸吉、雲海坊が追った。

半兵衛は見送り、起き上がろうとしている山岸に振り返った。

「山岸弥一だね」

半兵衛は、山岸を見据えた。

山岸は刀を構えた。

刀の鋒《きつさき》は激しく震えていた。

「弥一、所詮は盗賊、悪党だ。自分さえ助かれば、手下や仲間がどうなっても構わないと云う蜘蛛の文平の醜い本性、確《しか》と見届けたね」

半兵衛は、穏やかに話し掛けた。

山岸は、今にも泣き出しそうな顔になった。

「おかよも心配している。大人しく刀を棄てるんだね」

「姉ちゃんが……」

山岸は戸惑った。

「うむ。弟のお前に押し込みをさせ、本当の盗賊にしてしまっては、死んだ二親に申し訳ない。何とか止めてくれとね」

山岸は、刀を降ろして項垂れた。

半兵衛は微笑んだ。


旅籠『弥勒屋』の裏手に出た蜘蛛の文平は、半次、幸吉、雲海坊、そして表から廻った由松、勇次に取り囲まれていた。

「退《ど》け、邪魔するな。退け……」

文平は、怒りに声を震わせて長脇差を振り廻した。

「盗賊蜘蛛の文平……」

半次は呼び掛けた。

文平は、怒りに醜く歪んだ顔で半次を睨み付けた。

「神田花房町の質屋角屋に押し込む手筈の手下共は皆、お縄にした。お前も神妙にお縄を受けるんだな」

半次は冷たく笑った。

「う、煩せえ……」

　文平は、驚きに声を引き攣らせて必死に怒鳴った。

「往生際が悪いぜ。蜘蛛の文平……」

幸吉は嗤《わら》った。

文平は、獣のような咆吼《ほうこう》をあげ、長脇差を振り廻した。

「よし、容赦は要らねえ、叩きのめしてお縄にするぜ」

半次は命じた。

幸吉、雲海坊、由松、勇次は、それぞれの得物《えもの》を構えて蜘蛛の文平を取り囲む輪をゆっくりと縮め始めた。

町奉行所の役人は、咎人《とがにん》を生かして捕えるのが役目だ。その為には、一人の咎人に数人掛かりで対処するのが普通だ。

「来るな、来るな、来るなあ……」

文平は、その顔を絶望的に醜く歪めた。

半次、幸吉、雲海坊、由松、勇次は、文平を取り囲む輪を尚《なお》も縮めた。

文平の構えた長脇差の鋒は、恐怖に小刻みに震えて美しく煌めいた。

大番屋の詮議場《せんぎば》は薄暗く、血と汗の臭いが微かに漂っていた。

山岸弥一は、筵《むしろ》の上に引き据えられた。

薄暗い詮議場の隅には、寄棒《よりぼう》、袖搦《そでがらみ》、刺股《さすまた》や拷問《ごうもん》の石抱《いしだ》きの道具などが置かれていた。

山岸は、恐ろしげに眉をひそめた。

半兵衛が現れ、框に腰掛けた。

「やあ、弥一……」

「白縫さま……」

山岸弥一は、不安げに半兵衛を見上げた。

「蜘蛛の文平と小頭の甚八や万助の詮議は終わったよ」

「そうですか……」

山岸弥一は、盗賊一味の者としての覚悟を決めたように眼を瞑った。

「うん。そうしたら、文平と甚八や万助は、お前を一味の盗賊と云うより、半人前の使い走りとしか見ちゃあいなかったよ」

半兵衛は告げた。

「半人前の使い走り……」

山岸弥一は、思わず呟いた。

「うん。半人前の使い走り、蜘蛛の文平一味の盗賊とは思っちゃあいなかったんだ」

「えっ……」

山岸弥一は戸惑った。

「そ、そうですか……」

山岸弥一は項垂れた。

「何はともあれ、良かったじゃあないか……」

半兵衛は笑った。

「白縫さま……」

山岸弥一は、笑う半兵衛に困惑した。

「磔《はりつけ》獄門になる外道の盗賊に仲間と思われていなくて、本当に良かったな」

半兵衛は、山岸弥一の為に喜んだ。

「は、はい……」

山岸弥一は、自分が盗賊として磔獄門にならないと知った。

「山岸弥一、お前は蜘蛛の文平一味の盗賊ではなく、旅籠弥勒屋に雇われていただけだ」

「えっ……」

「さあ。浪人山岸弥十郎の倅の弥一は盗賊などではなかった。よって放免《ほうめん》するよ」

半兵衛は告げた。

「ほ、放免……」

山岸弥一は驚いた。

「山岸弥一、次はないと心得《こころえ》、さっさと帰るが良い……」

半兵衛は、厳しく云い聞かせた。

山岸弥一は、半兵衛に伴われて大番屋を出た。

「弥一……」

おかよが待っていた。

山岸弥一は立ち尽くした。

おかよは、山岸弥一に近寄っていきなり頬を引っ叩《ぱた》いた。

「姉ちゃん……」

山岸弥一は項垂れた。

「馬鹿……」

おかよは、安堵の涙を浮かべて山岸弥一を見詰めた。

「心配掛けて御免《ごめん》……」

山岸弥一は詫びた。

「白縫さま……」

おかよは、半兵衛に深々と頭を下げた。

「うん。さあ、早く帰りな……」

半兵衛は促した。

「はい。じゃあ……」

おかよは、踵を返した。

山岸弥一は、慌てて半兵衛に会釈《えしゃく》をしておかよに続いた。

半兵衛は見送った。

「放免ですか……」

弥平次の声がした。

半兵衛は振り返った。

弥平次が微笑んでいた。

「うん。盗賊でもない半人前の使い走りを仕置《しおき》出来ないからね」

「世の中には、あっしたちが知らん顔をした方が良い事もありますか……」

弥平次は笑った。

「柳橋の、そいつは私の十八番《おはこ》だよ」

半兵衛は苦笑した。

山岸かよと弥一の姉弟は、裏南茅場町《うらみなみかやばちよう》に去って行く。

半兵衛と弥平次は見送った。

微風《そよかぜ》が吹き抜け、半兵衛の鬢《びん》の解れ髪を揺らした。

この作品は双葉文庫のために書き下ろされました。

双葉文庫

ふ-16-48

新《しん》・知《し》らぬが半兵衛手控帖《はんべえてびかえちょう》

狐《きつね》の嫁入《よめい》り

2018年10月14日　第1刷発行

【著者】
藤井邦夫《ふじいくにお》

【発行者】
稲垣潔
【発行所】
株式会社双葉社
〒162-8540 東京都新宿区東五軒町3番28号
[電話] 03-5261-4818(営業)　03-5261-4833(編集)
www.futabasha.co.jp
(双葉社の書籍・コミックが買えます)
【印刷所】
中央精版印刷株式会社
【製本所】
中央精版印刷株式会社

【表紙・扉絵】南伸坊
【フォーマット・デザイン】日下潤一
【フォーマットデジタル印字】飯塚隆士

ISBN978-4-575-66910-7 C0193
Printed in Japan

藤井邦夫

知らぬが半兵衛手控帖
姿見橋

長編時代小説
〈書き下ろし〉

「世の中には知らん顔をした方が良いことがある」と嘯く、北町奉行所臨時廻り同心白縫半兵衛が見せる人情裁き。シリーズ第一弾。

藤井邦夫

知らぬが半兵衛手控帖
投《な》げ文《ぶみ》

長編時代小説
〈書き下ろし〉

かどわかされた呉服商の行方を追ううちに浮かび上がる身内の思惑。北町奉行所臨時廻り同心白縫半兵衛が見せる人情裁き。シリーズ第二弾。

藤井邦夫

知らぬが半兵衛手控帖
半化粧《はんげしょう》

長編時代小説
〈書き下ろし〉

鎌倉河岸で大工の留吉を殺したのは、手練れの辻斬りと思われた。探索を命じられた半兵衛の前に女が現れる。好評シリーズ第三弾。

藤井邦夫

知らぬが半兵衛手控帖
辻斬り

長編時代小説
〈書き下ろし〉

神田三河町で金貸しの夫婦が殺され、自供をもとに取り立て屋のおときが捕縛されたが、不審なものを感じた半兵衛は……。シリーズ第四弾。

藤井邦夫

知らぬが半兵衛手控帖
乱れ華《ばな》

長編時代小説
〈書き下ろし〉

凶賊・土蜘蛛の儀平に裏をかかれた北町奉行所臨時廻り同心・白縫半兵衛は内通者がいると睨んで一か八かの賭けに出る。シリーズ第五弾。

藤井邦夫

知らぬが半兵衛手控帖
通《かよ》い妻

長編時代小説
〈書き下ろし〉

瀬戸物屋の主が何者かに殺された。目撃証言から、ある女に目星をつけた半兵衛だったが、その女は訳ありの様子で……。シリーズ第六弾。

藤井邦夫

知らぬが半兵衛手控帖
籠《かご》の鳥

長編時代小説
〈書き下ろし〉

北町奉行所臨時廻り同心の白縫半兵衛は、鎌倉河岸近くで身投げしようとしていた女を助けたのだが……。好評シリーズ第七弾。

藤井邦夫
離縁状
知らぬが半兵衛手控帖
長編時代小説
〈書き下ろし〉
音羽に店を構える玩具屋の娘が殺された。白縫半兵衛は探索にかかるが、事件は思いもよらぬ方へころがりはじめる。好評シリーズ第八弾。

藤井邦夫
捕違《とりちが》い
知らぬが半兵衛手控帖
長編時代小説
〈書き下ろし〉
本所竪川沿いの空き家から火の手があがり、付近で酔いつぶれていた男が付け火の罪で捕縛されたのだが……。好評シリーズ第九弾。

藤井邦夫
無縁坂
知らぬが半兵衛手控帖
長編時代小説
〈書き下ろし〉
北町奉行所与力・松岡兵庫の妻女が行方知れずになった。捜索に乗り出した半兵衛の前に浪人者の影がちらつき始める。好評シリーズ第十弾。

藤井邦夫
雪見酒
知らぬが半兵衛手控帖
長編時代小説
〈書き下ろし〉
大身旗本の本多家を逐電した女中探しを命じられ、不承不承探索を始めた白縫半兵衛だったが、本多家の用人の話に不審を抱く。

藤井邦夫
迷い猫
知らぬが半兵衛手控帖
長編時代小説
〈書き下ろし〉
行方知れずだった鍵役同心が死体で発見された。遺体を検分した同心白縫半兵衛は、着物の裾から猫の爪を発見する。シリーズ第十二弾。

藤井邦夫
秋日和
知らぬが半兵衛手控帖
長編時代小説
〈書き下ろし〉
赤坂御門傍の溜池脇で男が滅多刺しにされて殺された。半兵衛は、男が昔、中村座の大部屋役者をしていた女衒の栄吉だと突き止める。

藤井邦夫
詫び状
知らぬが半兵衛手控帖
長編時代小説
〈書き下ろし〉
白昼、泥酔し刀を振りかざした浅葱裏を一刀のもとに斬り倒した浪人がいた。半兵衛は、田宮流抜刀術の同門とおぼしき男に興味を抱く。

藤井邦夫

知らぬが半兵衛手控帖

五月雨

長編時代小説〈書き下ろし〉

行方知れずの大店の主・宗右衛門がみすぼらしい人足姿で発見された。白縫半兵衛らは記憶を失った宗右衛門が辿った足取りを追い始める。

藤井邦夫

知らぬが半兵衛手控帖

渡り鳥

長編時代小説〈書き下ろし〉

阿片の抜け荷を探索していた北町奉行所隠密廻り同心が姿を消した。臨時廻り同心白縫半兵衛は、深川の廻船問屋に疑いの目を向ける。

藤井邦夫

知らぬが半兵衛手控帖

夕映え

長編時代小説〈書き下ろし〉

大工の佐吉が年老いた母親とともに姿を消した。惚けた老婆と親孝行の倅の身を案じた同心白縫半兵衛が、二人の足取りを追いはじめる。

藤井邦夫

知らぬが半兵衛手控帖

主殺《しゅうごろ》し

長編時代小説〈書き下ろし〉

日本橋の高札場に置き去りにされた子供を見つけ、その子の長屋を訪ねた白縫半兵衛は、蒲団の中で腹を刺されて倒れている男を発見する。

藤井邦夫

知らぬが半兵衛手控帖

忘れ雪

長編時代小説〈書き下ろし〉

八丁堀の同心組屋敷に、まだ幼い少年が白縫半兵衛を頼ってきた。少年の体に無数の青痣を見つけた半兵衛は、少年の母親を捜しはじめる。

藤井邦夫

知らぬが半兵衛手控帖

夢芝居

長編時代小説〈書き下ろし〉

百姓が実の娘の目前で無礼打ちにされた。町方が手出しできない大身旗本の冷酷な所業に、白縫半兵衛が下した決断とは。シリーズ最終巻。

藤井邦夫

柳橋の弥平次捕物噺 一

影法師

時代小説

剃刀与力こと秋山久蔵、知らぬ顔の半兵衛こと同心白縫半兵衛、二人の手先となり大活躍する岡っ引〝柳橋の弥平次〟が帰ってきた！

藤井邦夫

柳橋の弥平次捕物噺 二

祝い酒

時代小説

年端もいかない男の子が父親を捜しに船宿『笹舟』にやってきた。だが、その子の父親は弥平次の手先で、探索中に落命した直助だった。

藤井邦夫

柳橋の弥平次捕物噺 三

宿《やど》無《な》し

時代小説

浜町堀の稲荷堂で血を吐いて倒れている旅姿の女を助けた岡っ引の弥平次。だが幼い娘を連れたその女の左腕には三分二筋の入墨があった。

藤井邦夫

柳橋の弥平次捕物噺 四

道連れ

時代小説

浅草に現れた盗賊〝天狗の政五郎〟一味。政五郎が元高遠藩士だと知った弥平次は、与力秋山久蔵と共に高遠藩江戸屋敷へと向かう。

藤井邦夫

柳橋の弥平次捕物噺 五

裏切り

時代小説

待望の赤ん坊を身籠った黄楊櫛職人忠吉の女房おかよ。だが、柳橋に佇み涙を流すおかよは、やがて忠吉のもとから姿を消し……。

藤井邦夫

柳橋の弥平次捕物噺 六

愚か者

時代小説〈書き下ろし〉

廻り髪結のおゆりを付け廻す御家人、島崎清之助。かつての許嫁島崎との関わりを断とうとするおゆりに、手を差しのべた人物とは……!?

藤井邦夫

日溜り勘兵衛 極意帖

眠り猫

時代小説〈書き下ろし〉

老猫を膝に抱き縁側で転た寝する素性の知れぬ浪人。盗賊の頭という裏の顔を持つこの男は善か、悪か!? 新シリーズ、遂に始動!

藤井邦夫

日溜り勘兵衛 極意帖

仕掛け蔵

時代小説〈書き下ろし〉

どんな盗人でも破れないと評判の札差大口屋の金蔵。眠り猫の勘兵衛は金城鉄壁の仕掛け蔵を破り、盗賊の意地を見せられるのか!?

藤井邦夫
日溜り勘兵衛 極意帖
賞金首
時代小説〈書き下ろし〉

米の値上げ騒ぎで大儲けした米問屋の金蔵に目をつけ様子を窺っていた勘兵衛は、一人の荷揚げ人足の不審な行動に気付き尾行を開始する。

藤井邦夫
日溜り勘兵衛 極意帖
偽者始末
時代小説〈書き下ろし〉

盗賊〝眠り猫〟の名を騙り押し込みを働く盗賊が現れた。偽盗賊の狙いは何なのか⁉ 正体を追う勘兵衛らが繰り広げる息詰まる攻防戦！

藤井邦夫
日溜り勘兵衛 極意帖
亡八《ぼうはち》仕置
時代小説〈書き下ろし〉

千住宿の岡場所から逃げ出した娘を匿った〝眠り猫〟の勘兵衛は、その背後に女を喰い物にする女郎屋と悪辣な女衒の影を察するが……。

藤井邦夫
日溜り勘兵衛 極意帖
盗賊狩り
時代小説〈書き下ろし〉

矢崎采女正が火付盗賊改方に就いて以来、立て続けに盗賊一味が捕縛された。〝眠り猫〟の勘兵衛は探索の裏側に潜む何かを探ろうと動く。

藤井邦夫
日溜り勘兵衛 極意帖
贋金作り
時代小説〈書き下ろし〉

両替商「菱屋」の金蔵から帯封のされた贋金二百両を盗み出した眠り猫の勘兵衛は、贋小判鋳造の背景を暴こうと動き出す。

藤井邦夫
日溜り勘兵衛 極意帖
盗賊の首
時代小説〈書き下ろし〉

盗人稼業から足を洗った「仏の宗平」が火盗改の矢崎采女正に斬り殺された。矢崎は宗平の首を使い、かつての仲間を誘き出そうとするが。

藤井邦夫
日溜り勘兵衛 極意帖
冬の螢
時代小説〈書き下ろし〉

旗本本田家周辺を嗅ぎ回る浪人榎本平四郎。無外流の遣い手でもある平四郎の狙いは一体何なのか？ 盗賊眠り猫の勘兵衛が動き出す。

藤井邦夫
日溜り勘兵衛 極意帖
押込《おしこ》み始末
時代小説〈書き下ろし〉

老舗呉服屋越前屋に狙いを定めた勘兵衛。だがその押し込みをきっかけに大藩を向こうに回す攻防に発展する。人気シリーズ興奮の最終巻!

藤井邦夫
結城半蔵事件始末〈一〉
不忠者
時代小説

奥州上関藩に燻る内紛の火種を嗅ぎつけた南町奉行所与力結城半蔵。直心影流の剣が悪を斬る時代小説第一弾。装い新たに五カ月連続刊行!

藤井邦夫
結城半蔵事件始末〈二〉
御法度
時代小説

南町与力結城半蔵と交流のある飾り結び職人のおゆみ。そのおゆみと同じ長屋に住む浪人夫婦を狙う二人の胡乱な侍が現れた。

藤井邦夫
結城半蔵事件始末〈三〉
追跡者
時代小説

脱藩した男を討つよう主命を受けた勝岡藩士を藩の目付衆が付け回していた。結城半蔵は、その上意討ちの裏に隠された真相を探り始める。

藤井邦夫
結城半蔵事件始末〈四〉
濡れ衣
時代小説

京橋の大店「角屋」の倅が勾引された。手代の証言から、矢崎新兵衛という浪人者が捕らえられたが、結城半蔵は矢崎の無実を確信し……。

藤井邦夫
結城半蔵事件始末〈五〉
無宿者
時代小説

茶問屋を勘当され無宿人となった平七が肥後国岩倉藩大沢家の下屋敷を見張っていた。その理由を探るべく、結城半蔵らが探索を開始する。

藤井邦夫
新・知らぬが半兵衛手控帖
曼珠沙華《まんじゅしゃげ》
時代小説〈書き下ろし〉

藤井邦夫の人気を決定づけた大好評の「知らぬが半兵衛手控帖」シリーズ。その続編が4年ぶりに書き下ろし新シリーズとしてスタート!